惑う星の解決法

青き星には、
帰らない

守野伊音
Illustration 眠介

ユズリハ
アクア

エミリア
レオハルト
ルカリア

Contents

序章　惑う星の解決法

「むかし、青い星にあった国では、プラネットを惑星と言ったんだって」

　物知りな幼馴染のアクアが、誕生日に両親から贈られた珍しい紙媒体の本を見ながら言った。分厚い本はそれ相応の重みがあり、持つのも一苦労なのに、彼は嬉しそうに頁を捲っている。

　ユズリハは、後ろから凭れる形でその手元を覗き込む。いつもなら重たいと怒られるが、今日の彼は色鮮やかな星に夢中だ。

　立体映像で見たほうが綺麗なんじゃないのかとユズリハは思うが、アクアは紙媒体が好きだから言わない。

　代わりに別のことを口にする。

「わくせい？」

「そう。惑う星と書くんだって」

「むかしの人は大変だね」

「どうして？」

「だってアクアがいないんだもの」

　アクアはきょとりと首を傾げた。

「どこに行きたいか分からないから惑うんだよ。私にはアクアがいるもの。私の行きたい先はアクア！　ほら、解決！」

「じゃあ、僕の行きたい先はユズリハだ。どれだけ迷っても惑ったりしないよ」

それは、ずっとこのまま大きくなっていくのだと信じていた、幼い頃の夢物語だった。

第一章　再会

　人類が自ら壊した青の星より逃げ出したその瞬間から、宙歴は始まった。

　枯渇するほど貪り尽くしただけでは飽き足らず、汚し尽くしたかつての青き惑星に、人類の住める場所はなくなった。それゆえ人類は星を捨て、宇宙へ旅立つしかなくなったのだ。

　そうして、四百年もの歳月が過ぎた。

　現在人類は、第十三宙域まで区分された中で生活している。巨大人工星が浮かぶそれぞれの宙域は、近くとも数ヶ月、遠ければ年単位での移動が必要となる距離にあった。巨大な人工星を作るスペースを確保する術は、いかに広い宇宙といえど、あの頃の人間の力ではそう多くはなかったのだ。

　人類は、今でも自然発生する磁場嵐に頭を悩ませている。磁場嵐が発生すればコンピューターが一切役に立たなくなり、通信も不可能となってしまう。

　様々な分野の研究者によって長い間対策が練られていたが、未だ磁場嵐が発生した宙域には立ち入らないという、初歩的であり原始的な対処法しか策がなかった。

　人類は、最初に作られ、最も大きく定住者の多い第一宙域多民族型共有人工星を中心とした、第三、第九、第十一宙域連合を結成し、最大生息宙域とした。

　これらは比較的近い位置に密集しているが、それ以外の広い宇宙に広がった人工星は、各々で独自的な発展を遂げ、さながら国のようであった。

多民族型共有人工星でありながら、やはり人は自らの領分を定め、他者を排除する。

かつて一丸となって宙を目指した人類は人工星ごとに特色という名の分裂を始めた。宙に散らばった人類を繋いでいたのは、他人工星を侵略しないという、最低限の誓約だけだった。

しかしそれすらも、二年前に破られた。

巨大な磁場嵐に襲われ、数年間連絡も立ち入りも叶わなくなっていた第七人工星が、何の宣言もないままに、突如第二の地球と呼ばれていた第十二人工星を襲撃したのだ。

かつての故郷であった青い星に一番近しいといわれる生態系に特化していた第十二人工星が、侵攻を防げるわけもなく。第十二人工星はそのまま第七人工星へ吸収された形となりその名を失った。

その後、第七人工星は自らをブループラネットと名乗り、他人工星に従属を求めはじめた。

声明は、母星に帰ろう。

『青き星に、帰ろう』

ただ一つだった。

連合は青き星を自らのみで抱え込んでいる。母星の環境は改善され、連合は自分達だけがその恩恵に預かろうと事実を隠している。

そう言い連ねるブループラネットに、連合は当然の如くその声明を否定。青き星は未だ人類が生息できる環境ではない。物心ついたばかりの幼子でも知っている〝事実〟を、わざわざ公営放送で馬鹿真面目に報じなければならないことを笑った。

宙には星がある。宙に生身の身体で放り出されれば死ぬ。生命維持には、酸素と食事と睡眠が必要不可欠。

連合にとって、それほどに当たり前のことだった。ブループラネットの言い分がどれほど幼稚で馬鹿げているか、わざわざ説明する必要すら感じないほどに。

母なる星がその色を失ったからこそ人類は宙に生きているというのに、一体何の喜劇か。そう笑う人もいた。そちらが大半だった。

だがすぐに、人類は種族の惑いを知ることとなった。

連合が鼻で笑った声明を信じた人間が、決して少なくはなかったのだ。

多くの人類は、己の目で故郷の星を見たことがない。ブループラネットの言動を肯定はできずとも否定もしきれぬ現状で、遥か昔に失った母なる星への愛着は、星を壊した過去人より余程強かったのである。

研究者以外の人間が、青き星の土を踏む機会は存在しない。連合域ですら遠い宙域に暮らす人間達など、モニターを通さず青き星を見ることさえ生涯ないのだ。

よって、ブループラネットの馬鹿げた主張を否と断じることができないと惑った瞬間、人類は割れた。いくら母星は変わらず死の色に染まっているとのデータが連ねられようと、人は結局、己が信じたいものしか信じない。信じたい言葉しか捉えない。ネットに溢れる情報の中、己が望んだ〝知識〟だけを探し、補足し、〝事実〟とする。

それが公の事実かどうかなど最早関係がなかった。ブループラネットの思想に揺れ、傾き、落ちていった人々にとって、己の補足した願望だけが〝真実〟だったのだ。

青き星に帰ろう。

　そうして強固に固められた思考は感染し、取り返しのつかない増殖へと至った。

　歴史上多くの死者を出してきた感染症の数々がちっぽけに見えてしまうほどに、何よりも人を殺した感染とは思想であったのだから。

　他人工星を侵攻しないという誓約により、軍事力の発展よりも科学力の向上に努めていた連合及び他人工星は急遽軍を編成した後、ブループラネットを攻撃した。

　だが既に軍事力を極め、生命線として旧第十二人工星であり自然形態農業人工星を乗っ取っている相手を前に敗退した。

　ブループラネットが保持する従来の戦闘機より大幅に攻撃力を増した破壊特化型戦闘機の威力は絶大で、連合軍が擁する飛行特化型戦闘機の火力による破壊は困難を極めたのだ。

　ブループラネットは第十二人工星に軍を派遣する形ではなく、旧第七人工星本体での移動を開始し、第十二人工星を奪った。元々近い位置にあったとはいえ、四年以上かけ第十二人工星との距離をなくしたブループラネットは、今も移動しつづけている。

　そしてそれまで宙賊くらいしか相手取ることのなかった他人工星の軍隊は、求められるがままに肥大化した。

　故郷の星を失った人類は、かつてあった国に囚われることなく、ただの人類として宇宙に進出してきた。だが、結局は別たれた人工星が国となり、侵略と滅亡、即ち戦争が始まった。

　青き星を離れ、激減していた人口が回復を始めて数百年。

尊ばれた命は、再び戦争により削られればじめたのだ。


ユズリハの幼馴染であるアクアは凄い。それはもう凄い。

運動神経は頗るよく、手先も大変器用で、頭の回転も速い。不得手といえば口当たりのよい人付き合いくらいのものだ。それさえも、不得手というより好まないというだけで、公の場や堅苦しい席での役割が必要となればこなせていた。

真面目でスクールの成績は万年トップを突っ走ったし、名家の伝統ある血筋の跡取り一人息子だったし、父親はユズリハ達が暮らす第五宙域多民族型共有人工星の議員だ。

その上、顔も極上ときたものだから、神様は三物四物を与えすぎだと、出会って間もない頃、年齢が片手で足りる頃からユズリハは思っていた。颯爽と歩く美しい顔に凛とした姿勢は、スクールでも憧れの的だった。

ユズリハは特筆すべき運動神経を持たず、手先の器用さも頭の回転も彼ほどではなかった。友人は多かったけれど、堅苦しい席で望まれるような立ち居振る舞いは必要であっても苦手だった。

ユズリハとアクアの性質は正反対であったが、ユズリハは彼と同年齢で、母親同士の仲がよかった。いつの間にか二人はそれが当然のように仲のよい友人となった。正反対の性質が、いつの間にか似た気質を持つとさえ評されたほどに。

本当に、仲がよかった。

ユズリハ・ミストとアクア・ガーネッシュは、自他共に認める親友だったのである。

二人の出会いは四歳にまで遡る。

アクアは切れ長の瞳をした美しい母親にそっくりだった。成績も運動神経も素行もよかったが、上流階級と呼ばれる大人達の中で揉まれ育った子どもであったがゆえ、少々、訂正しよう、かなり、冷めた子どもであった。

ユズリハにとってアクアの第一印象は、笑わない子。第一声が「僕に擦り寄っても父さんの恩恵は期待できない」だった。思わず殴ったユズリハを誰が責められようか。何せ二人は四歳だった。

時とは凄いもので、そんな彼が意外と世話焼きであったり、寝起きがものすごく悪かったり、器用なのに人の感情に疎かったりと知っていくうちに、いつの間にか唯一無二の親友となっていた。

全く、時とは凄いものである。ユズリハはのちに、そうしみじみと語った。

別離は九歳。ミスト夫妻の仕事の都合で、第八人工星への移住が原因だった。

出生率は上昇傾向とはいえ、まだまだ少子化の時代、成人は十五歳だ。両親は当然、九歳のユズリハを連れての移住を決めた。

ユズリハは泣き喚き、両親を酷く困らせた。宙域多民族型共有人工星間の移動は、少なくとも三ヶ月はかかる。当時の技術で建造可能な宙域から作られはじめた人工星は、たとえナンバリングの数字が並んでいようと位置関係が近いとは限らなかった。第一人工星から第二人工星間の移動など、一年はかかるのだ。

一人暮らしを要求するには保護者との距離が離れすぎており、ユズリハは幼すぎた。ミスト家の家族問題に口を挟める力も権利もなかったアクアにもまた、どうしようもなかった。

結局、再会を誓うことで、二人は別れを受け入れた。


あれから七年。時代は変わり続けていた。

強力な磁場嵐に乗じたブループラネットは、第四人工星をも襲撃した。第五人工星と並ぶ近さにあった第四人工星は、軍事力の強化に努めていた。なればこそ、その誇りがブループラネットへの従属を拒んだ。

援軍が間に合わぬ勢いでの侵略に、降伏の意を掲げなかった第四人工星は、ブループラネットによる攻撃で。

落ちた。

市民九億七千万の命は一瞬で宇宙に散り、遺体の回収も困難を極めた。宙域はデブリの海と化し、今では宙賊が隠れ蓑にするばかりの死の宙域へと成り果てた。

第四人工星への襲撃から五年かけて再び編成された連合の大部隊は、磁場の海に阻まれ、移動を続けるブループラネットに辿り着く前に進路を戻した。

今は、ブループラネットによる次なる標的は第八か、それとも第五かと囁かれ、対象として名を挙げられている人工星は予算の多くを軍事力に割いてなお住民の流出が止まらず頭を抱えていた。

人々は、強力な磁場嵐の向こうを固唾を呑んで見上げ続ける。

ブループラネットはどうやってか、宙域を飲み込むほど巨大な磁場嵐の制御を身につけたらしく、一向に姿を現さない。

ブループラネットは第四人工星を落とした後は、ほぼ鳴りを潜めていた。

磁場嵐の向こうから送り込まれる部隊が時々戦端を開いたが、それ以上のことはない。偵察と呼ぶにはあまりに大々的で、襲撃と呼ぶにはあまりに小規模な部隊はあっという間に制圧され、デブリと成り果てる。

結局、ブループラネットの次なる標的どころか、小規模な襲撃の理由すらも分かっていない。

人類は次なる標的と囁かれている二つの人工星に対し、どちらともいえないブループラネットの進路を警戒しつつも為す術はなく。

誰よりも他人事ではない第五人工星ですらも、ひとまず平穏を保っていた。

ユズリハは、幼い頃に彼が流れ星だと評した瞳をぱちくりと瞬かせた。

彼が評価した瞳はともかく、ユズリハの格好自体は至ってシンプルだ。輝く赤銅色の少し癖のある髪を肩で遊ばせ、ジーンズに大きめのパーカー、持ち物はトランク一つ。劇的な再会を果たす人間を彩るに相応しい格好とはいえないだろう。

そんなユズリハがぶつかった相手もまた、小洒落た格好ではなかった。白シャツに黒いズボン。至ってシンプルである。

だが、ユズリハは知っていた。彼が着用している物は、自らが着用している物との価格が桁違いであることに。

どこででも手に入る組み合わせでありながら溢れ出る高級感。そうはいっても、彼ならば安物のTシャツ一枚でも高級感を溢れさせるだろうこともまた知ってはいる。しかし、雰囲気だけではなく、実際高級な品であるという確信はあった。彼はそういうお家柄なのである。

そんなどうでもいいことを頭に過らせながらも、ユズリハは酷く動揺していた。

それも当然だ。ここは、第五人工星のど真ん中。エアポートから直通のバスを降りて約十秒。

まさか、連絡を取り合えていない相手と七年ぶりに偶然再会するとは思いも寄らなかったのである。

「アクア⁉」

「ユズリハか⁉」

ぶつかった反動で尻餅をついたユズリハに咄嗟に手を差し出したアクアであったが、今度は引きすぎたらしい。ユズリハは思いのほか勢いよく引かれた身体を止めきれず、アクアの胸で鼻を強かに打ち付けた。

本人も驚いたのであろう。アクアは己の胸に激突したユズリハを慌てて引き剥がしていた。

あまりに唐突に訪れた再会に、強かに打ち付けた鼻をさすることすら思い至らなかったユズリハではあったが、アクアの呆然としながらも慌てた様子だけはやけにはっきり記憶に残った。

まるで、重たい人間を相手取ることが多い人間が、つい力を入れすぎてしまったかのように見えたのだ。

無意識の思考は再会した相手を観察していたが、自意識も感情も追いつきはしない。ユズリハも零れんばかりに目を見開き、背の高いアクアを見上げていた。

黒髪に深青の瞳。白い肌に整った顔、記憶にあるより少し低めの心地よい声。誰を間違えても彼だけは間違えるはずもない。

ユズリハの感情はどこまでも追いつくことはなかったが、その唇は勝手にぱかりと開いた。

「大きくなってまあ！」

「……幼馴染に言われる台詞じゃな」

「いやぁ、びっくりだ。君の成長ぶりにもだけど、まさか連絡なしに会えるなんて！」

「確かにそうだ。帰ってくるなら連絡くら」

「磁場嵐でメールが送れなくなって三年半、メアドが変わってないと思わなかったんだ。ところでお腹が空いたんだけど、どこかでお茶しない？　パフェが食べたいな！」

散々遮られた語尾にアクアは苦笑し、随分低くなった親友の頭をぐしゃぐしゃと掻き回した。

「………全く、相変わらずだなぁ、お前は」

「あ！　鳥の巣みたいになったじゃないか！」

「ましになったほうだ」

「うそぉ！」

頭を抱えた姿に笑いながら、アクアは自然な動作でユズリハのトランクを持って歩き出した。

ユズリハは慌てた小走りで追いつきながら、そっとその背を見つめる。

人混みでも見紛うはずがない背中。宵空のような髪も、振り向いて笑ってくれる海のような瞳も、ずっと、ずっと、記憶より確かなものとしてこの身に染み付いている。

「迷子になるなよ、ユズリハ」

当たり前のように言われて、頬を膨らませる。

「ならないよ、いくつだと思ってるんだ！」

「俺と同じ十六歳だな」

ユズリハは腕を組んで胸を張った。大きめのパーカーからようやく出てきた指で、組んだ腕を掴んで固定する。

「あの頃とは違うんだ！　猫を追いかけて迷子にならないし、お菓子に釣られて知らない人についていかないし、宿題嫌で逃げて転んで泣いてアクアにおんぶしてもらったりしない！」

「風呂で逆上せたりは？」

「テレビって酷いよね、ＣＭタイミング。気になって結局最後まで見ちゃう」

「深爪は？」

「タイピングでも当たって痛くて痛くて」

「ピーマンは？」

「人類の敵！」

すぱーんと軽快な音を響かせて、アクアの手がユズリハの頭を引っぱたいた。

「何も変わってないじゃないか！」

細い首をがくんとしならせて衝撃を受け止めたユズリハは、頬を膨らませる。

「君こそ変わってないじゃないか！　外見詐欺か⁉　そんなにかっこよく、まぁーいー男になっちゃったのに、中身はお節介のままだ！　羨ましいぐらい背が高いくせに！」

「お、ま、え、がっ、焼かせてるんだろう！　背はお前が牛乳嫌って飲まなかったからだ！　今でも好き嫌いしてないだろうな？　だから細いんだよ。このままじゃダンスで困るぞ。女子はヒール履くけど、男は平靴なんだからな」

そのままとくとくと続くお説教を受けながら、ユズリハは膨らませた頬を引き攣らせた。一般庶民はそうそうダンス踊る機会はありません、ということはひとまず置いておく。

ユズリハの親友はよくできた男だ。頭、顔、運動神経、最上級。家柄、血筋、財力、最高級。だが、幼馴染であるユズリハは知っている。

「……本当に細いな」

アクアは頬を引き攣らせたユズリハの腕をひょいっと取り、眉間に皺を寄せた。

「よ、けいなお世話だよ！」

ユズリハの幼馴染は鈍い。

上流家庭で育ったアクアは、女子は皆ドレスやワンピース、少なくともスカートを穿いているものだと思っていた。

ユズリハに、そんな女子しか見たことがなかった彼を責められはしない。キャップ帽にTシャツ半ズボン、擦り剥いた膝小僧。鼻頭に盛大な絆創膏。そんな格好をしていた自分にも非がないとはいえない。

だが、スクールが階級別で校舎まで違う格差社会だったのは今でも盛大に恨んでいる。

育ちがよい彼の周辺にいる男性の一人称に〝私〟が多かったのは、ユズリハにとって不運以外の何物でもなかった。

俯いた顔を心配して下げられた端整な顔に盛大な頭突きをかまし、ユズリハは怒鳴った。

「君、ほんっと変わらない！　人のこと言ってる場合か――――！」

それはもう盛大に怒鳴った。しかし。

まさか、十六になっても男と女の区別もつかないくらい鈍いのか、君は！

この、いま最も重要な心からの叫びを飲み込んでしまった時点で、ユズリハの敗退は決定したのである。


再会すると分かっていれば、可愛らしくしたのに。

ユズリハは口を尖らせる。心の中で。

タイミングとは残酷だ。何も渡航を終えて疲れきったときに会わなくてもいいと思うのだ。

渡航の疲れも相まって、ずしりと重たい疲労がユズリハの身体に纏わり付いている。

再会が果たせたのは天にも昇るくらい嬉しい。だが、今こそ、自分は女であって断じて男ではないと、長年に渡る彼の天性の鈍感さからの勘違いを正そうとユズリハは思っていた。

愛らしいワンピースに可憐なミュールを身に纏い、髪は結い、化粧だってしたというのに！

疲労と安堵と寂寞と、郷愁と痛苦を胸に、ユズリハは絶望を受け入れざるを得なかった。

目を丸くして唖然とする彼を前に、大人っぽくウインクして、くすくす笑って「まだ私を男と思っていたの？」と、たっぷり色っぽく微笑してやりたかった。もし彼との再会が叶うなら、それくらいしてやろうと夢見ていた。

しかし、それら全ては幻想で、無限の夢であった道具は全部纏めてトランクの中だ。やってられないとはこのことである。

自棄でパフェを三杯平らげているユズリハに、アクアは極上の笑顔を向けた。

「本当に、お前と会えて嬉しいよ。俺はこの歳になっても昔と大して変わらない。親友と呼べるのはお前くらいで……だから、本当に嬉しいんだ。仕事以外で誰かと食事をするのも久しぶりだ。それがお前で嬉しいよ」

女性の九割が落ちる笑顔（ユズリハ比）で言われて、ユズリハは思わずスプーンで苺を貫いた。

この笑顔で今まで独り身であったことが既に奇跡だ。その前に連絡も取り合わず再会できたこと自体、どうしようもない奇跡なのだ。なればこそ、ユズリハが地獄の責務の間に見た夢想など叶わずとも、ここで言ってしまうべきではないか。

せめてそれくらいは叶えてしまってても許されるのではないか。

ユズリハは、パフェで冷え切った指先をスプーンごとぎゅっと握りしめた。

「あ、あのさ、アクア。実は、話があってさ」

「何だ？　相談事ならあまり力になれないかもしれないが。俺は疎いらしくてな。男同士の話し合いなのに、実際何を話しているかもよく知らない未知の領域なんだ。……情けないな、俺は」

「いや、あの、わた」

「周りが真剣に頭を抱えている姿に、何がそんなに大変なのかと興味もあったんだ。だから……やっぱりいいな。お前といると楽しいよ。お前はいつも、俺には経験できないことをたくさん教えてくれる」

無邪気に解けた笑顔を向けられて、ユズリハは拳と額をテーブルに打ち付けた。

君が向けてくれる絶対の信頼を裏切るくらいなら――。

「ユズリハ⁉」

「私は一生男でいる！」

「……性転換手術の予定があったのか？」

彼に恋して八年、継続中。男と思われて十二年、継続中。

錯綜中のユズリハの恋が実る予定は、今のところない。

　結局、長年の誤解を解くことは叶わなかったとしても、大親友との時間は楽しい。ユズリハは偶然が齎した久方ぶりの時間を、心ゆくまで楽しんだ。そしてそれはアクアも同じだったようで、懐かしい笑顔が惜しげもなく溢れていた。

「そうか、ユズリハはプログラマーか。確かに昔から得意だったよな。じゃあ、ここには仕事で？」

「うん。しばらくは第五人工星を拠点にしようかと思って。もう成人したんだもの。一人暮らしも合法的に許可出てるし、一度、帰ってきたかったんだ」

「そうか。じゃあ、またこうして会えるな」

　アクアは昔を思い出したのか、目を細めた。

「プログラマーか……。だったら仕事に困りはしないだろうな。お前はむらが多くはあったが、決して出来が悪いわけじゃなかった。宿題を溜め込んではご両親に怒られ、俺に泣きついてきたことは数えきれなくとも、真面目にやれば一週間分を一日で終わらせる根性もある」

　口に出しているうちに過去の情景がまざまざと思い出されたのだろう。アクアはしみじみと頷く。

「それに、お前が組んだプログラムはよく言えば独創的、はっきり言えば無茶苦茶な組み方も多かったから、初めて見た人は賞賛を口にするか呻くかのどちらかなほど、唯一無二だった」

　どこか誇らしげなアクアに、ユズリハは嬉しくなった。にこにことトランクを叩き、オレンジジュースを一気に飲み干す。

「在宅フリーで承ってます。君なら初回無料だよ！」

「次からはしっかり取るのか」

「言ってみたかっただけ。いつでもタダだ」

「はは、駄目だろ、それじゃ」

綺麗に笑われて流されたが、ユズリハはかなり本気であった。このくそ真面目な幼馴染はそうさせてくれないだろうが、この腕を彼の助けにできるなら、幼い頃散々助けてもらった恩も少しは返せるというものだ。

「君は？　やっぱり大学？」

高等学校卒業の十五で成人と定められてはいるものの、それより先の学業がないわけではない。そのまま大学、院へと進む者も当然存在する。

既に成人扱いとして保険や税金などは免除されず、義務教育とされる高等学校以上の進学は生活に余裕のある者がほとんどを占めていた。しかし上流階級の子どもは政治に関わることが多い為、学ぶことが多くなるという名目で多くが大学へと進む。その世帯はほとんどが裕福である為、そうなるともいえるのだが。

てっきり彼もそうだとユズリハは思った。何せアクアは成績もいい上に根が真面目で、学業に向いている人間だったからだ。本人も勉学を嫌っておらず、寧ろ好んでいたといえる。

だからユズリハは彼が過ごしているであろう大学生活の話でも聞こうと思っていた。

しかし、アクアは首を振った。

「俺は公務員をしているよ。大学はもう出た。院にも誘われたけど、もう学びたいと思うこともなかったし、十四で学業は修めた。残りの一年間は、まあ、下積みかな」

　ユズリハは零れんばかりに目を見開いた。

「スキップしたの⁉　うそぉ！」

　ユズリハの予想通り大学は出ていたというのに、全く予想だにしていなかった返答であった。まさか飛び級で卒業しているとは全く想定しなかったのだ。

　驚きを隠そうともしない幼馴染に、アクアはコーヒーを置いて苦笑した。

★✳★

「お前がいなくなって、毎日が本当につまらなくなったんだ。元々学校は違ったけど、それでも生活のどこにもお前がいなくなってからは時間の進みがやけに遅く感じて、息苦しくて堪らなかった。忙しくしていれば気が紛れるかと思ったんだ。だからどこまでできるかと試していたら、いつの間にか大学課程まで修了してたんだよ」

　親の自慢話、持ち物の希少性、家門自賛に自画自賛。あとは親から刷り込まれた縦横の繋がりの確保。学校にあるのはそんなものだった。

　将来も同じ顔ぶれと同じことをしていくのかと思うと、息苦しくて堪らなかった。誘われる茶会やパーティを蹴り、ユズリハと遊ぶ時間を失ったアクアは、心動かすものをなくしてしまったように毎日がつまらなくて無機質でどうしようもなくなったのだ。

いつもならユズリハが走ってくる。いつもなら楽しげに話すことを聞いて、聞かれたことに答えた。いつもなら手を引かれて走って、〝彼〟が見つけた楽しいことに引っ張られた。いつもならくるくる変わる表情と感情に振り回されて、結局は巻き込まれて大笑いした。

いつもなら、いつもなら。

いつもが非日常となったと自覚した瞬間、アクアは愕然とした。

ガーネッシュの名も、父の存在も、アクアが己の意思に関係なく持っているものに影響を受けなかった存在は、ユズリハだけだったのだ。

長い指を組んだ上に顎を置いて、アクアは柔らかに微笑んだ。今日でどれだけ笑っただろう。三年分くらいは笑ったかもしれない。そう思えた。そう思えるほど簡単に、数年の別離などなかったかのように、精神があっという間に〝いつも〟を思い出していた。

「俺は、お前に会えて本当に嬉しいよ」

「わ、私だって！」

負けじと怒鳴り返したユズリハに、アクアはきょとんと首を傾げる。

「どうして怒るんだ？」

「別に怒ってない……怒ってはないんだよ……」

消え入りそうな声で答えた後、ユズリハはどんどん頭の角度を落としていった。しかし結局最後まで、その理由をアクアに教えてはくれなかったのである。

★
✻
★

人工の空が映す天気は今日も快晴だ。曇りはあまり見ない。曇りでもあまり影響を受けない時間帯、そんな空があったのだと忘れない為だけに設定されているとしか思えない程度に現れる。

それが曇りという天気だった。

人工星において天気とは、予報ではなく予告であり、単なる予定でしかあり得ない。何故なら、全てがシステムによって管理されているからだ。

人が自然による災いを忘れて久しい現在、天気の乱れは、ただのシステムの不調か、整備不良でしかなかった。

そんな決定された空の下、ユズリハは重たいトランクを持ってふらふらと歩く。

荷物を抱えて歩くには少々暑い気温だが、雨よりは余程いい。この状況下で、傘まで持つ余裕はなかった。

ユズリハは重さに振り回されないように気合いを入れつつ、トランクを持ち直す。あまりによたよたと歩く姿を見かねたアクアが手を貸そうとしてくれたが、ユズリハは断った。速度を合わせてくれているだけで充分だ。

さすがに荷物を持たせるわけにはいかない。さっきの食事代を払ってもらったのだからなおのこと。面倒見のいいアクアからの親切を断った理由として、自分の分は自分で払うと言ったのに、頑として譲らなかったアクアへの反抗も若干存在している。

ああいうとき、彼はとても頑固なのだ。

その頑固な男は、ユズリハによって歩調を緩めている手間など存在しないかのように穏やかに笑っている。

「ユズリハはどの辺りに居住を？」

穏やかな笑顔から放たれた当然の話題に、ユズリハの視線はあからさまに逃げた。そしてアクアの顔からあからさまに表情が消える。

「おい……お前、まさか」

「ち、違うよ⁉　家出じゃないよ⁉」

半眼となった切れ長の瞳が怖い。ユズリハは慌てて弁明を始めた。

こういうとき、彼はとても頑固なのだ。

「家出ではないんだけど……ただ、仕事ばっかりで何やってんだろう私とか、仕事以外で人間らしい営みに癒やしを求めたいとか……なんだか色々考えていたら急に虚しくなって、発作的にシャトル飛び乗ったとか、そんなことはないよ⁉」

「パスポートは！　不法入港か⁉　さすがに見逃せないぞ⁉　俺は公務員だって言ったぞ！」

「あ、それは大丈夫。元々、現実逃避がてら作っといたんだ。君に会えるって保険があるだけで、煮詰まった頭もスムーズに動く動く。逃げ出さないでさいごまでがんばろーって思えるし」

「それはってことは、他の件は大丈夫じゃないってことだな……」

「だ、だって、二週間栄養パックで、十日寝ずに風呂も入ってないとか、もう人間の生活じゃないだろ？　三ヶ月喋らないとか、おかしいだろ？　私に電子機器と結婚しろってか⁉」

盛大な嘆きと共に、ユズリハはちょうど通りかかった建物の壁に両拳を叩きつけた。渾身の思いと共に額も同時に打ち付けてしまう。しばしの沈黙後、友の額も壁と仲良くなっていた。

何の罪もない建物の壁に、酷く疲れた雰囲気を漂わせた二人の沈黙が落ちる。そうして、先に口を開いたのはアクアだった。

「………………俺の家に泊まれ」

「え⁉　いやぁ、それはちょっと」

さっき恋を一刀両断されたばかりだ。穏便に断ろうとへらりと笑ったユズリハは、そのまま表情を凍らせた。

視線を向けた先には、自分と同じ体勢ながらも見目麗しき幼馴染が浮かべる極上の笑顔がある。そこまではさっきも見た。ただし先刻見たときとの決定的な違いとして、幼馴染の勘が知らせた危機感が漲っていた。

つまりこの笑顔、額面通りに受け取ってはいけない類いである。

アクアは、作り笑いのテストで百点満点が取れる完璧な笑顔のまま、言葉を発した。

「今だけでも説教を山のように抱えてるんだが、さっきの言葉だけに留めた俺の苦労、お前なら分かってくれるよな？」

「勿論ですとも閣下――！」

大抵苦笑で許してくれるアクアが本気で怒ると、シャトル内の空調異常より怖いと、幼馴染であるユズリハは身をもって知っていた。

絶対服従以外の選択肢を持たなかったユズリハが、アクアによって連れていかれた先は閑静な住宅街だった。

そこに至るまでの間は、巨大ビルがぎゅうぎゅうと立ち並ぶ中を通ってきた。それらは機関の集合体であったり、店舗であったり、住居であったりと様々だ。場所に限りのある人工星内で、医療技術の発展と人類の適応能力で出生率は上がり続けている。結果、建物は上へ上へと伸びた。決まったスペースに詰め込まざるを得ない現状、手段は限られているのだ。

しかし、建物も人も詰め込まれたそれらの喧噪から少し離れれば、平たい建物が並ぶ区域があった。裕福な個人や一家庭のみが居住する、いわば高級住宅地である。

その中でも小高い場所で光を存分に浴びた庭と家があった。その家の前で、アクアは足を止めた。建物の大きさとしては巨大な屋敷といえるほどではないにしても、凄まじく贅沢な空間の使い方である。高級住宅地内でさえ庭のない家があるくらいなのだから、この凄まじさが分かるだろう。

ここに一人で暮らしているというアクアは、手慣れた様子で事もなげに門を開いた。

「父から成人祝いとして頂いた。一人だからいらないと言ったんだけどな」

人を雇っているのだろう。庭も家の中も手入れは行き届き、荒れた様子はない。元々アクアは整理整頓が得意な子どもだったが、この家の状態はどう見てもプロの手によって整えられている。さすがのアクアも、木の剪定にここまで手をかけないだろうとユズリハは思った。

丁寧に整えられた美しい家ではあったが、屋内のほとんどのスペースは使われていないようであった。決まった範囲以外にある家具には布がかけられており、その多くが見えなくなっている。

どうやらアクアは、小さなアパートでも事足りるスペースしか使っていないらしい。

その上、物の種類も極端に少ない。生活必需品以外で存在する娯楽品は、紙媒体の本しかないのではと思えるほどだ。

しかし、これは今に始まった話ではない。幼い頃から彼の部屋はそうだった。子どもらしい雑然とした箇所はなく、すべて整然と並べられ、不必要な物は一切なく。

そこにお菓子や玩具、拾ってきた石、蝉の抜け殻を放置していたのはユズリハである。

家具や家電の充実具合を見るに、その部分は彼が用意したわけではないのだろう。恐らくは、贈られた家に最初から備え付けられていたものだ。その部分が完璧に揃っているからか、余計に物の少なさが際立って見えた。

仮住まいしている人間だって、もっと私物を並べそうなものである。ありとあらゆる意味で、なんとも豪勢な空間の使い方だ。

親子三世代が楽に暮らせる家に一人で住む幼馴染を見上げて、ユズリハは頭を掻いた。どこの御曹司だと言ってやりたいが、正真正銘、ガーネッシュ家の御曹司だ。

「確か来客用の布団がどこかにあったんだけどな……ちょっと待ってろ」

片っ端からクローゼットを開くアクアの後をついて回りながら、首を傾げる。

「おばさまのことだから、月数回は泊まってると思った。夫婦喧嘩の度、うちに来てたから」

アクアの母親は、忙しくてなかなか家族との時間を作れない夫と喧嘩をしては、親友であるユズリハの母に会いに、ミスト家へ泊まりに来ていた。彼女が泊まりに来ると、ユズリハの母は学生の頃に戻ったようだと嬉しそうにはしゃぎ、夜遅くまで楽しんでいたのである。

ユズリハは、その都度一緒に連れてこられていたアクアとベッドに潜り、これ幸いと夜更かしして遊んでいた。するとそれに気づいた母親達が、自分達も飲むからと温かい飲み物をくれたものだ。

気さくで朗らかなアクアの母親は相手を区別しなかったし、驕らなかった。テレビで見る彼女は冷たく強気な女に見えたが、クッキーを焦がしたと飛び込んでくる姿は、子どもの目から見ても可愛らしい人だった。

強く優しく、愛情深い。そんな彼女が、一人暮らしを始めたアクアの家を訪ねないはずがない。しかしそれができないほど忙しかったのかもしれないと思い直す。彼と別れてからの世界は、とてつもない速度で混迷しつづけてきたのだから。

何はともあれ手伝おうとアクアの隣に並んだユズリハは、ぎょっとした。いつの間にか立ち止まっていたアクアの表情に見覚えがなかったからだ。そこにいるだけで振り向かずにはいられない存在感を放つ彼が、陰に溶けてしまったようだった。

「アクア……？」

思わず声に出して、後悔した。かろうじて残っていた表情も消え失せた。無表情に立つ彼は、まるで闇そのものだ。

　息もできないほど濃度の高い闇が、この場に満ちている。感情が消え失せたアクアの顔は、その闇に酷く馴染む形をしていた。そうしてアクアは言葉を紡いだ。

　それはまるで。

「母さんは死んだよ」

　呪いのような声だった。


「……なに、言って。君にしたら質の悪い冗談を」

「第四人工星にいたんだ」

　ユズリハは、眩暈を覚えて壁に背をつけた。息が、酷くしづらい。

　知らないはずがない。人類の宇宙進出後、史上最も極悪な非道だと言われている事件だ。母星を、あの青い星を壊した愚行よりも許されない所業だとさえ言われるほどの、出来事だった。

　十億に近い人間が一瞬にして命を落とし、遺体さえ宙に取り残されたままの悪夢。人が起こした、過去最悪の惨事。

　どんな凄惨な事件でも、越えてはならない一線がある。その線を何本も踏み越えて、星が落とされた。星が、人が生きる為に作られた人工星そのものが、落とされたのだ。

　第四人工星が落とされた事件以降、第五人工星は一気に軍事力の強化に乗り出した。戦争とはそういうものだ。全てが桁違いに早く動く。時の何倍もの速さで作り上げられていく。

それを進化と呼ぶのかは別の話だ。そうして進んだ技術の先に、人類は故郷の星を失ったのだから。

膝をついて喉を押さえたユズリハを、記憶と比べ随分大きくなった手が自然に支えた。その行為に礼さえ言えないユズリハは、掌の位置を喉から己の口元へと変えた。

そうでもしないと叫び出してしまいそうだった。

そうでもしないと、力の限り己の首を絞めてしまっていただろう。

★✳★

「母さんは第四人工星出身だからな……親善大使として出向いていたんだ。朝、電話があった。お土産いっぱい買ったから楽しみにしててねって、笑ってたよ。あの日、帰ってくるはずだったんだ……ユズリハ、父は変わったよ。それまでも決して優しいとは言えない人だったけど、それでも、母さんを亡くして、あの人は変わった。もう笑わない。母さんによく似た俺を見るのも嫌なんだろう。早々にお祖父様から頂いたこの屋敷を下さった。成人祝いと銘打っていたけれど、俺は十二だった。成人どころか、卒業も、してなかったよ」

アクアの父親は、決して子煩悩な人ではなかった。家庭より仕事が大事だったし、抱き上げられた記憶も片手で足りる。

けれど母を愛していたのだと思っていた。アクアを抱き上げた母を見て、ほんの僅かに緩められた目元だけが父から感じた愛だった。

　だが、もう二度とあり得ない。

「……お前は会ったことがないけど、俺は兄になったんだよ。弟がな、生まれたんだ。ウォルターっていって、目が、父さんに似てたんだ。でも性格は全然違って………我儘で、甘えたで、まるでお前みたいだった。俺をよく、慕ってくれた………けど、甘えただったから、母さんの二週間の出張が耐えられなくてついていってしまった。俺で我慢しろと言えばよかった。あいつの我儘を許さず、俺がもっと強く止めていれば……あんな幼さで死なせなくてよかったんだ」

　アクアはユズリハの隣に、胡坐をかいて座り込んだ。電気をつけていない暗い廊下に二人して座り込んだまま、どうしたものかと頭を掻く。

　こんなつもりじゃなかった。こんなことを話すつもりではなかった。ユズリハを前にするとどうしても口が緩む。

　両手で顔を覆って蹲るユズリハの腕を掴む。

「……悪かった。そんなに泣くな。力を入れすぎだ。顔に、傷が」

　ユズリハは剥ごうとするアクアの手に抗って、渾身の力を籠めていた。手の隙間から零れる涙の量があまりに多いから心配になり、アクアも力を籠めたが、あまりの細さに折れそうだと諦めた。

　歯を砕きそうに食いしばるのは、ユズリハが本当につらくて堪らないときの泣き方だ。転んだり、叱られて泣くときは大声で泣き叫んだのに、つらくてつらくて堪らない、そんなときは漏れ出る声すら許せないと言わんばかりに頑なに泣くのだ。

食いしばられた口元により一層の力が加わった瞬間、勢いよく開かれる。

「君が、泣かないからだ！」

吐き出された声は涙で溺れてしまいそうだった。

ユズリハはいきなりアクアの胸倉を掴み、馬乗りになった。反射的に組み返そうと動いた己の身体を、アクアは渾身の力で止める。これは敵ではないのだと、反射を理性が止めた。

そんなアクアの努力を知ってか知らずか、ユズリハはお構いなしだ。

「君のことだ。絶対泣いてない。叩き込まれた英才教育とか、君のたっかいプライドとか、どうでもいい理性とか、そんなどうでもいいことで君は泣いてない！　だから私が泣くんだ！　……別に、泣くことだけがおばさまを偲ぶ方法だと言うつもりはないよ。けど、泣くのは残っている人の為なんだ。君は君の為に泣いて、おばさま達を悼むべきだ！」

つらくてつらくて堪らない。そんな顔をしているくせに。ユズリハは叫びながらアクアへと殴りかかった。呆気にとられて一発許したが、更に振りかぶられた腕を慌てて止める。

「止めるな！」

理不尽なことを怒鳴るユズリハへの怒りは湧かない。

ただユズリハが叫ぶ度に涙が降ってきて、こっちまで溺れてしまいそうだった。

「止めるに決まってるだろう！　泣きながら馬乗りになってどうするつもりだ！　それに殴り方！それだとお前の指が折れるだろうが！」

「そんなのどうだっていいだろ！」

「よくないだろうが！」

　上を取っておきながら両腕を押さえられて悔しげに吐き捨てたユズリハは、そのまま己の額を武器とした。まさか頭突きが来るとは思っていなかったアクアの額へと、力いっぱい打ち付けたのだ。

「いっ……！」

　予想だにしていなかった攻撃に、アクアは舌を噛みかけた。

　さすがにこのまま受け続けるわけにはいかない。アクアにとっても、ユズリハにとってもだ。ユズリハの身体は、どう見ても戦闘に慣れた人間のそれではないのだからなおさらである。

　アクアは再度振りかぶられた頭を肘で受け、固さに怯んだ隙を見逃さず、長い足を駆使してユズリハの身体を蹴り飛ばした。手加減はしたが、軽い身体は予想以上に吹っ飛んだ。

　壁にぶつかったユズリハは息を詰めたが、すぐに飛びかかってきた。今度は予想がついていた。

　ユズリハの機敏性は、幼い頃から変わっていない。

　殴りかかってきた腕を取り、ひねり返す。床に押し倒した身体の上に馬乗りとなり、先程とは完全に形勢が逆転する。

　しかし手足を縫い付け押し倒しても、ユズリハは激昂が籠もった瞳でアクアを睨みつけてきた。

「大人しく殴られろ！」

「何を言うんだ、お前は！　っ、暴れるな！」

　ユズリハを押さえ込むことには成功したが、この癇癪の予想をアクアはつけられなかった。ユズリハは昔から、とにかくアクアの予想もつかないことで怒り、笑い、泣くのだ。

「いい加減にしろ！」

「いいからっ……黙って殴られてくれ」

「いいわけがあるか！　訳も分からないまま殴られる所以はない」

ユズリハの行動と言葉は一致していないようにアクアには思えた。アクアに泣けというわりには、怒らせたいようにしか見えないのだ。

理解できない行動に溜息をついた瞬間、視界の端でユズリハが口を開いた様子が見えた。咄嗟に頭を引き、歯型がつくのを回避する。噛みつけなかったユズリハは悔しげに舌打ちして、アクアを睨みつけた。

「君は昔から自分のことで泣かない。私のせいで泣いたほうが多いくらいだ。だから、泣け。ここでしか泣けないと君が言うのなら、私を理由にしろ。私を理由に、私のせいで、いくらだって泣けばいい。殴られた痛みでも、怒りでもいい。私の我儘に振り回されてうんざりした虚しさでも何だっていい！」

アクアは、自分の下に押さえつけている幼馴染を呆然と見下ろした。泣いているのも怒鳴っているのも押さえ込まれているのもユズリハだというのに。息がうまくできないのは、アクアのほうだった。

「全部諦めた顔するな！　そんな顔でおばさまの死を受け入れた振りするな！　大切な人を失って、泣かずに越えられたりするものか！」

ユズリハはアクアの拘束が緩んだ隙を見逃さず、腕を引き抜いた。その腕で、不利な体勢からとは思えない力をもってアクアの頬を殴りつける。怯んだ瞬間、顎にもう一発。

「理由なんてどうでもいい！　全部私のせいにして、泣け！」

殴られた勢いそのままに、アクアは後ろへと倒れ込んだ。

この程度で昏倒するような身ではない。だが、身体を支える気は端からなかった。

仰向けのまま、両腕で顔を覆う。もう拳は振ってこなかった。その代わりに、温かな雫が降ってくる。たくさんたくさん、とどまることなく。

「泣いても、どうにもならないじゃないか。どれだけ泣いても二人は帰ってこないし、父さんは二度と笑わない。戦況は巻き戻ったりしないし、第四人工星は母さんとウォルターを抱えて漂ったまま、奴らの資源と成り果てた」

再会して一日と経っていない。十六年の人生の中で、一緒だった時間より離れていた時間のほうが長い。

それなのに、既に感情を揺り動かされている。母が死んでからは特に、自分でも分かるほど稀薄になった感情が、消えていないと主張するようにあれこれと溢れ出している。

アクアは歯を食いしばった。何を抑えようとしたのかは自分でも分からない。悔しさか悲しさか、嗚咽か。それとも、これほど変わり続けた世界の中、己がユズリハに預けた心の比重が何一つ変わらなかったことへの苦笑だったのだろうか。

「それでも、君は救われる。涙ってそういうものだ」

「……俺は、救われたいなんて思わない」

「嫌だ、私は君を救いたい。そんな感情だけで君をいっぱいにしちゃ駄目だ。勿体ないし、何よりおばさまはそんなこと喜ばない」

腫れて赤くなった指がアクアの頬に張り付いた髪を払い、そのまま頭を撫でる。温かく、柔らかい。まるで母のような温度だ。そして、ぐちゃぐちゃに溢れ出す涙は、まるでウォルターのようで。

懐かしさに思わず流れる涙が増える。自分がいつから泣いていたのか、アクアには分からない。

ユズリハの指が濡れた髪を払って初めて気がついた。

だが、いつから泣いていないのかは覚えている。

〝彼〟と別れた前日が、最後だった。


散々泣いた。泣きすぎて腫れぼったい思考を、アクアはぼんやりと動かした。あり得ない。いくら幼馴染とはいえ、再会して二時間で号泣しなくてもいいじゃないか。

そうは思うも、感情が動くことすら久方ぶりのアクアにとって、あまりに激しい感情の乱高下に恥じ入る気力はもうなかった。

ゆっくりと緩慢な動作で起き上がると、背中に痛みを感じた。殴られた場所も痛いは痛いが、受け身を取るつもりもなく倒れこんだ背中が一番痛むのは当然だ。

今は何時だと時刻を確認しようと動かした視線で、ユズリハを見つける。

やけに静かだと思ったら、ユズリハはアクアの隣にしゃがみ込んだまま眠っていた。泣き疲れて眠るのは昔のままだ。散々泣いて、お互いに袖がぐしゃぐしゃになってしまった。

とりあえずユズリハを自分のベッドに放り込んでおくことにした。ベッドへ寝かしても、ユズリハは全く起きる様子がない。

額を全開にして眠るユズリハに、アクアは苦笑する。

「全く、まさか今でも俺の感情を剥き出しにする術に長けているなんて。さすがだよ、お前は」

あまり変わっていない気がする。何年も経っているのだから変わっていないはずがないのに、言動があまりに過去と一致しすぎで、アクアは自分も成長したことを忘れてしまいそうになる。

幼い頃に戻ったかのようだった。まるで〝いつも〟が戻ってきたような錯覚に陥る。そんなことはあり得ないと痛いほどよく分かっているのに、幸せな過去の象徴だったユズリハが何も変わらずここにいれば、どうしたってそう思ってしまうのだ。

昔を懐かしみながら柔らかい髪を久しぶりにいじっていると、鋭い電子音が響いた。

アクアは眉を顰め、音を立てずに寝室を出た。携帯電話を取り出し、ボタンを押す。腫れた目元で画面を開く気にはなれず、音声通話だけで着信に応じた。

用件だけを手短に告げる相手に、了解の意を示して着信を切った。

何もこんなときにと思わないでもないが、敵はこちらの都合など考えて襲撃してくれない。久しぶりの休暇なんだけどなとぼやくが、朝から夕方まで休みがあった。最近の忙しさからすればありがたいほうだろうと考え直す。

通話を終了するとほぼ同時に、様々な電子機器、そして人工星全体でサイレンが鳴り響く。それらの音を聞きながら、窓から外を見る。

『全住人にお知らせします。敵機確認。只今より全港出航を停止します。繰り返します。敵機確認。全港の出航を禁止します』

抑揚のない人工音声が、淡々と通達を繰り返す。それを受ける人々の様子は慣れたものだろう。ああ、またかと言わんばかりにうんざりした顔すらあるはずだ。

『防御隔壁作動中。只今より全展望室を閉鎖します。全住民は避難路を確認。警告レベルE発令中。レベルC発令より、シェルターへの移動を開始してください』

軍は軍事要塞を人工星周囲にいくつか配置している。人工星まで攻撃が届くことはほとんどない。物々しい警告音を疎ましがる人さえいる始末だ。自分達が見上げたその空で命が潰えているのだが、実感が湧かなければ絵空事と変わらない。

ブループラネット賛同者がこうした襲撃を行うことは決して珍しくはない。人工星内でテロを起こすこともある。だがテロ行為は毎度驚くほど小規模だ。全物資のチェックが入る人工星内で、一般人は武器を手に入れづらいのだ。

それも、住人の危機感を薄めている原因の一つだろう。喉元を過ぎれば熱さを忘れるように、人は自らが行動を起こさねばならぬ面倒を疎ましがるあまり、危険性をすぐに忘れてしまう。

しかし本当は、行政や軍だけでなく、人が人である以上忘れてはならないのだ。

既に人の手で落ちた星があることを、誰一人として。

素早く準備を済ませたアクアは、少し考えてからメモを残した。

『戦闘を開始します。繰り返します。戦闘を開始します』

外に飛び出せば、人工的に作り出された夕焼けが始まっていた。

いっそ映像を全て切り、あるがままの宙の姿を映し出せば、少しは戦争の実感が湧くのではないだろうか。そんな物騒なことを考えた。

走りながら、引き攣る目元に苦笑する。同じくらい腫れ上がった目をした幼馴染は、アクアが軍人になったと知ればどうするだろう。更に泣くか、更に怒られるか。それともどちらも違うのか。

アクアには分からない。

予想がつかないことが、おかしかった。

＊＊＊

懐かしい匂いに包まれて、酷く安心した。こんなに深く眠れたのはいつぶりだろう。

心地よさにしばらくまどろんでいたが、記憶の前後があやふやだと気がついて開いた視界の先には、誰もいなかった。

「アクア……？」

身体と頭が重く、思考は鈍い。

引き攣る目元に、記憶が一気に蘇った。

「え。あれ。うそ。私、寝てた⁉」

自分のいる場所が見知らぬも懐かしい匂いのするベッドで、これが誰の物か察した。どうやら、一つしかないベッドを奪ってしまったようだ。

そして、その持ち主が見当たらない。アクアの性格上、怒って飛び出していったとも考えにくい。

「ヘルプ、いま何時」

『午前三時九分です』

暗がりで発した声に、人工音声が答えた。

「ヘルプ、伝言を再生」

『零件です』

「ヘルプ、最新の外出記録を再生」

『午後五時三七分です』

「ヘルプ、リビングに明かりを」

『実行しました』

「ありがとう」

そうあるべくと設定されたプログラムに礼を言う必要はないのだが、別に言って悪いわけではないと、ユズリハは思う。

ホームヘルプ機能は何でもできる。設定次第では、自ら歩く必要も手を動かす必要もないほどだ。風呂も食事の用意も部屋の片付けも、声一つでやってくれるように設定はできる。宙に人類の生息地を用意できる科学力は、それを可能にした。

だが、必要な人間以外は、基本的にその機能の使用を許されてはいない。自ら動くことをやめれば、人は人の形を保てなくなる。人工星内部に重力が設定されているのも同じ理由だ。

思考も肉体も、自ら動かさねば澱み、凝固し、人として成立しなくなる。そうなった事例が既にあるのだから救いようがない。

この家のヘルプのレベル設定は、最も軽度なレベル一のようだ。基本的に特殊な事情がなければレベル三まで設定が可能だが、アクアは一番低く設定しているらしい。

ユズリハの指示に従って、じわりと隣の部屋であるリビングが明るくなっていく。二秒かけて完全な明りを灯した。

つっぱる目元を擦りながら、寝室として使われている部屋を出て、リビングのソファーに腰掛ける。

一息ついたところで、テーブルの上にある几帳面で流暢な懐かしい字のメモを見つけた。そこには、急な仕事が入った旨、家の中の物は好きに使えとの使用許可と、飯を食え腹を出して寝るなよ爪は切りすぎるな風呂で逆上せるな等々、小うるさい注意書きがあった。

読みながら思わず笑ってしまう。

「ママか、君は」

髪が好き放題跳ねている頭を掻き回しながら、ありがたく冷蔵庫の中を物色する。しばし冷蔵庫の中を物色していたユズリハは、冷蔵庫の扉を開いたままキッチンを眺めた。調理器具と常温の調味料を見た後、再び冷蔵庫へと視線を戻す。

自炊をしている形跡がある。忙しいと言っていた通り、生ものは冷凍に回っていたが。

忙しくても料理が好きだったおばさまの影響だろうかと考えたユズリハの心に、懐かしさと慕わしさが溢れた。そして、そのむず痒いような温かなくすぐったさは、彼の人が暗い宙に漂っている現実に霧散する。

霧散させられた感情が行き着く先を、ユズリハはもう知っていた。

ユズリハは小さく息を吐き、再び冷蔵庫へと視線を戻す。

自炊などしてこなかったユズリハに端からその材料を使う気はなく、籠にあった林檎とペットボトルの茶を頂戴して、テーブルまで戻った。

「ヘルプ、公営ニュースを」

『実行しました』

「どうもどうも」

深夜であるというのに、ニュースは生中継を続けていた。

どうやらブループラネットによる襲撃があったらしい。街が静まり返っているのは襲撃を受け息を潜めている為か、時間的な問題でただ睡眠中なのか。

そんなことを考えながら、ニュースを適当に把握する。

いつもはノルマ達成と言わんばかりの惰性的な襲撃だが、今回はしつこい。敵軍の編成も少々大きいというが、街は穏やかなものだ。明日の天気は。

のんびりとニュースを流しながら、林檎に齧りつく。ちょっと酸っぱい。

「仕事ねぇ……成人してすぐの新人を休みに、しかも夕方から呼び出す公務員…………おじさまの威光を借りての管理職……は、君が最も嫌いとするとこだしねぇ。こなす実力は現職の人よりあるくせに」

ユズリハはソファーに座ったまま、伸ばした足でトランクを蹴り倒す。行儀悪く足で開けつつ、仕事道具を取り出した。

引っ張り出したパソコンにパスワードを打ち込んで起動させる。画面の隅で飛び回る折鶴がメールを知らせるが、開かず全部削除した。放置していても別にいいのだが、なんとなく全部消してしまいたかった。

必要な作業をざっと終わらせ、それらをパソコンが実行している間に風呂に入ることにした。絡まった髪をほぐしながら服を脱いでいると、一つやり忘れていたことに気がついた。のそのそとパソコンに戻り、簡単な操作を済ませる。

「あーあ、アクアの誤解を解けないんなら、こんなに育ってくれなくてよかったなぁ」

胸を押さえるサポーターを注文したユズリハは、鼻歌交じりに風呂へと向かった。

★✴★

パイロットスーツを装着したまま待機室に戻ってきた戦闘員達は、ひとまず息を吐いた。だらだらと長引く戦闘は純粋に疲れる。

アクアもヘルメットだけを外し、ソファーに座った。その右後ろから、アクアの肩越しにひょいっと少年が覗き込んでくる。

「なんか飲みますか?」

左後ろから同じ顔がひょこっと現れた。

「今日は待機室にいる部隊多いですから、紅茶はもうなくなっちゃいました」

アクアを左右から挟んでいるのは、そっくりの双子、ルカリア・ユーラとエミリア・ユーラだ。今年成人したばかりの十五歳だが、アクアと同じくスキップ組だ。双子の実家は第五人工星内でも名高い大病院を経営するユーラ家だ。ユーラ家はガーネッシュ家と同様、貴族だった。

跡取り争いを回避する為に弟であるルカリアは軍に入れられることが決まっていた。ユーラ家の誤算は、跡取りのエミリアまでもが家を飛び出し、一緒に軍へと入ってしまったことだ。

軍人には、貴族や上流階級の子息もそれなりにいた。大抵は次男や三男であるのだが。

アクアと一歳しか違わない双子は何故かアクアに懐いている。自分などの何がそんなに興味を引いたのかと思うが、双子の興味や行動を制限する権利はなく、アクアは傍観することにしていた。

対人戦の成績で常に特Sを叩き出すアクアが顔に傷を作っていて、双子は心底驚いていた。理由を聞きたそうにそわそわとしていたが、話し出さないアクアに重ねて問うてくることはなかった。

そういうところが、アクアが傍観を選択した理由の一つだった。

「コーヒーでいいっすか?」

「ああ、ありがとう」

ふわふわとした癖毛を一つに纏めた髪型まで同じの双子は、アクアにコーヒーを渡し、自分達も飲み物を持ってアクアの左右に収まった。朝焼けの色をした髪が、一瞬アクアの視界を遮っていく。

「今日の待機はいつまでっすかね」

「隊長達が話している。すぐに終わるだろう」

「こら、ルカリア。行儀悪いよ」

エミリアは、無重力なのをいいことにアクアを乗り越え、兄に絡んで遊びはじめた弟を窘めた。

「三〇〇時だ」

「「げっ！」」

ルカリアの行動を放置しつつ、問いには律儀に答えたアクアの返答に、双子の声が重なる。

アクア、エミリア、ルカリアは、隊長であるホムラ・ジーンが率いる第三部隊のメンバーだ。比較的若いメンバーで構成されているが、実力派で揃えられていた。

自分の飲み物に少し口をつけたエミリアは、ふぅと息を吐く。

「怠惰な印象が否めませんでしたね」

激しく消耗しあう戦闘ではなかった。うろついては引いて、引いては現れてと、時間潰しのようにも見える戦闘だったが、それにしては命の浪費が激しかった。

敵兵士の質が悪い。敵の動きはどこか単調で、全機が同じような動きをして至極読みやすいが、今回は数が違いすぎた。数だけは異様なほどに投入されていたのだ。

いつもと違う戦闘状況に、上層部も結論を出しかねている。結果が出るまでパイロットも帰れない。敵の数はいつもの五倍は多く、必然的にこちらの戦闘員も増える。いつもは余裕のある控え室も、今日ばかりはぎゅうぎゅう詰めだ。

それが気にならないと思えるほどの疲労感はなく、狭さが中途半端に身に染みた。

「狭い」

新たに帰還した部隊が戻り、間を空けずに席が埋まる。ルカリアは隠そうともせず眉を上げ、エミリアの膝の上に移動を始めた。アクアは自身を乗り越えていくルカリアを黙認する。

無邪気とも破天荒ともいえる性格のルカリアとは違い、穏やかな性格のエミリアは、困ったように眉を下げた。

「こら、ルカ。それに、仕方ないだろう」

「隣を使えばいい」

「えー、嫌だよ、僕は」

隣の控え室も同等の広さが確保されている。ここにいるメンバーが少しでも移動すれば、お互いに適度な密集が確保されるだろう。だが、今回出撃した戦闘員の大半はこちらでのぎゅうぎゅう詰めを甘んじて受け入れていた。

「あいつらだけで使うのは勿体ないし、固くむさ苦しい軍人に密着されて嬉しいことなんて何もない。僕、ちょっと行ってくる」

「あ、こらっ、ルカリア！」

ソファーを一蹴りし、密集する人々の上を飛び越えたルカリアは、にやりと笑って部屋を出ていった。

隣は貴族の子息達の待機室だ。そうと定められているわけではないが、いつの間にかそうなっていた。大抵が跡取りにはなれず、家にいても利益にならないと追い出された面々なのに、プライドだけは宙域より広い。せめてもの矜持を守ろうと、平民との区別を明確にしたがる傾向にある。

アクアはまずいコーヒーを飲み干して、くるくるとチャンネルが変わっていくテレビに目をやった。暇を持て余した隊員が面白い番組を探しているのだろうが、如何せん時間帯が悪い。どんどん局が終了していく。

遠い昔、ついに故郷を壊した人類は、人種も性別も身分も関係なく等しく人類として故郷を脱した。それがいつの間にか上下ができ上がり、貴族がのさばった。貴族だなんだと人の間に区分けを行おうが、元を正せば故郷を失くした同じ人類だ。残すべき尊き血統など結局どこにもない。

なのに人は上下を決めたがる。違うものを作りたがる。そして、できるならば自分が上のほうがいい。平らとなった人類の条件は、結局人間自身が改めて凹凸を作り直した。

隣はそんな子息の溜まり場だ。貴族でないものを見下す。たとえ実力で敵わないとしても、血だけに価値を見出す。アクアも誘われていたが、そんな馴れ合いにうんざりして早々に学校を卒業したのだ。軍に入ってまでその延長線上に交ざる気はなかった。

その後、五分も待たずに入り口からルカリアが顔を出した。兄が決してしない人の悪い笑顔を浮かべている。

「エミ、こっち使おうよ。先輩も！」

「は⁉　お前、何やったんだよ！」

エミリアは慌てて弟の横に並んだ。

「代表が到着だ。媚び売りに行かなくていいのかい？　って、言っただけだよ」

「代表がこのスザクに？　上層部が集まってるゲンブならともかく、何でまた」

「嘘だもの」

「は⁉」

けろりと笑ったルカリアは、アクアにも手を振った。

「隣行きましょうよ。人数が減れば、こっちの部屋も使いやすくなりますよ。いっそのこと、あっちに人数詰めときましょうか」

それはいいと、ぎゅう詰めに辟易していた面子がぞろぞろと隣の部屋に移動していった。身体を鍛えた軍人で押し合いへし合いしていても楽しくないのは、皆同じだったようだ。

「まずいよ、ルカ。そんなことばかりして！」

「大丈夫さ、エミリア。躍起になったあいつらが戻ってくる頃には、待機はきっと解かれてる。やっこさんはもう撤退したって確認も入ったし。それに、とっても面白い話を聞いた」

ふっと真面目な顔になった途端、双子の区別はつかなくなった。

「サイバー攻撃。それも、中から外から大忙しさ！　噂じゃロキも現れたって！」

しかし、すぐに見分けがつくようになる。けらけらと笑うほうがルカリアで、その様子に困って眉を下げたのがエミリアだ。

「またお前は、そうやって面白がって」

「楽しいじゃない。エミは楽しくないの？」

「楽しくないよ」

心底不思議そうに首を傾げたルカリアは、やっぱりけらけらと笑った。

「それにしても、あいつらもおかしいな。代表に媚を売りたいのなら、ここにガーネッシュ家ご子息がいらっしゃるというのに」

アクアは反応を示さない。

「折り合いが悪い息子だということ、知らない奴はいないさ」

吐き捨てるような声で言い捨てたのは、歳若い軍人だった。双子と同期に第四部隊へ入った少年、レオハルト・マクレーンだ。第三部隊とは何かと合同になることが多い隊だ。

「レオハルト」

咎めるように名を呼んだエミリアを無視して、レオハルトはアクアに詰め寄った。

「折り合いが悪かろうが、こうして目の前に立った相手を見もしない奴でも、嫡男ってだけで跡取りか。いいよなぁ、人生楽に渡っていける奴は」

レオハルトの実家は貴族で、彼は三男だ。ただ、産まれてすぐに養子に出されている為、立場が少々複雑だった。

「……何か言えよ、おい」

アクアはようやく固定されたチャンネルから視線を外さない。無駄にテンションの高い男女が、よく考えれば特に必要のない機能がたくさんついた家電を必死に宣伝している。今なら、一つ買えばもう一つついてくるそうだ。

「跡取りでない相手は見る価値もないってか？　ああ⁉」

コーヒーを掴もうとした手を押さえられ、アクアはようやくレオハルトへ視線を向けた。何の感情も見つけられない深青の瞳に、激昂したレオハルトが映っている。

その瞳に映ったレオハルトは、まるで海に沈んでいるかのようだった。

「必要性を感じない」

感情を見つけられない淡々とした声音で紡がれた言葉を受け、レオハルトはかっと首まで赤くなった。

「ここにいる貴族は、多かれ少なかれ折り合いが悪い息子さ。お前もその口だろうに」

二人の間を漂いながら、ルカリアは肩を竦めた。可愛い子など軍には入れない。それが親というものだ。

騒ぎの場とは反対側の入り口から、第四部隊の隊長が顔を出した。アクア達の隊長と同期のヒノエ・デュークだ。彼はパイロットスーツを脱ぎ、既に軍服へと着替えていた。

軍服は基本的に人工星ごとに色が設定されていて、同じ色の軍服を纏うのは、同じ星に所属している軍だけだ。第五人工星の軍服は黒色を基調としている。

ブループラネットの軍服は、第十二人工星を乗っ取る以前は黄色を基調としていた。だが現在は、第十二人工星の設定色だった青を奪っている。

ヒノエが第五人工星の黒い軍服に着替えているのだ。この部屋にいる軍人達は、ヒノエが口に出す言葉に大まかな予想が立っていた。

「シフト通りでいきます。ただし万が一を考えて第六、第八部隊は夜勤に加わります。各自部屋に戻って待機。あと0は解散で結構です。第三部隊は、潰れに潰れた休みに温情です。襲撃がなければ明後日に会いましょう。第四部隊はシフト通りのお休みです」

ルカリアが飛び上がった。

「やった！　エミリア、君が欲しがっていた靴を探しに行こう！　君が食べたがっていた新作のバーガーを食べに行こう！　君が行きたがっていたアミューズメントも行こう！」

「うんうん。お前が行きたいとこにも行こうねぇ」

「僕は君のいる場所にいたい！」

「うんうん。お前が嬉しいと僕も嬉しいけど、お前が行きたい場所も選んでおくれな？」

双子はそっくりの姿形で、間違えようもない違う笑顔で手を取り合っていた。きゃあきゃあと子どものようにはしゃぐほうが、前期アカデミートップだと誰が信じるだろう。

そして前々期トップはアクアだ。

「ちなみに温情は隊長には適用されませんでした。ホムラ・ジーンは、連続勤務三十日目突入おめでとうということですので、第三部隊はお土産くらい買ってきてあげなさい。ちなみにわたしもそうなりました。レオ、お土産よろしく。食べ物がいいです。甘ければもっといいです」

「えー⁉」

心底嫌そうに顔を歪めたレオハルトの横で、双子が仲良く手を上げた。

「「はーい」」

「よろしい。各自解散！」

階級が上がるほど長くなる黒い裾を翻し、ヒノエは去っていった。


終わった終わったと肩をほぐし、それぞれのシフトに従って軍人達は動き出す。アクアも早々にソファーを離れていく。

レオハルトはアクアを睨みつけた。

「オレは、お前が大嫌いだ！」

「レオ！　もうやめろよ！　わっ……いったぁ」

振りかぶった拳がエミリアの顔に当たった。その瞬間、けらけらと笑っていたルカリアが目の色を変えた。

「レオハルト、てめぇ！　エミリアに手を出して僕が黙ってると思ったか！」

「うるさい！　エミリアの腰巾着が！　エミエミエミ、うっせぇんだよ！」

「はっ、アカデミーで一度も僕に勝てなかった分際でどの口が」

「てめぇ……！」

瞬きの間に腰に手をやった二人を、鋭い声でエミリアが制止した。

「双方やめろ！　銃を抜けば軍規違反だぞ！」

「エミリアは黙ってろ！」

銃からは手を離したものの、二人は互いの胸倉を掴んだ。触れそうなほど顔を寄せる。

「アカデミーとは違うんだぜ、ルカリア。さっきの戦闘も結構な数外しやがって。シミュレーションの点数も落ちてんなぁ。スランプ野郎に言われたかねぇなぁ！」

「それでもてめぇよりは高いんだよ、ぼけ」

「はっ、ぶっさいくな面しやがって！」

「エミはいつも格好いいんだよ、馬鹿が！」

部屋に残った面々は、いつの間にか対象が変わった二人の喧嘩を面白がって囃し立てた。止める者はいない。軍内では喧嘩も一つの見世物だ。

睨み合った視線を更に剣呑にして、二人は拳を振りかぶった。

ごっ！

双方の頬に拳がめり込んだが、二人の拳はどちらも宙に残っていた。

エミリアに殴られた勢いで、二人の顔がぶつかる。

「うわ！　危ねぇ！　もうちょいで口だったな！」

他人事に、周りはどっと沸いた。

「全くもう！　いい加減にしろよ！　レオは先輩に喧嘩売るな。ルカリアは話をややこしくするな。解散の許可が出たから帰るよ？」

殴り飛ばした二人の首根っこを掴み、エミリアは一礼して部屋を出ていった。静まり返った部屋は、一拍置いて爆笑に包まれた。

「大雑把に治めたなぁ」

「おい、どっちが先に起きるか賭けようぜ！」

誰かの一声に、最後の大はしゃぎとばかりに部屋が沸いた。その音を背に、アクアもさっさと部屋を出た。

少し離れた場所を、エミリアが二人を掴んで進んでいる。殴られた二人はまだ回る星を眺めている。エミリアは馬鹿力なので、二人が自力で歩けるようになるのはもう少し先になるだろう。

第二章　再開

六年前、第五人工星の宙域一帯で名を馳せた二名のハッカーがいた。距離による時間ラグを受けないこの宙域内でのみ、絶大な猛威を振るっていた二人だ。

その二人のハッカーはクラックなどの破壊行為ではなく、データベースへの侵入、秘匿された情報の公開を主として活動していた。

名を、ロキとユグドラシルという。

これらは本人の名乗りではない。トリックスターのように周囲を振り回す様をかつてあった神話の神になぞらえたロキ。その根でネットの海を網羅するかの如くどこまでも広がっていく様を世界樹の名になぞらえたユグドラシル。

誰が名付けたかは定かではないが、誰もがその名を受け入れるほどしっくりした名付けだったためか、いつの間にかその名が定着し、浸透したのだ。

その手の話題に少しでも興味のある人間なら知らぬ者はいない。それだけではなく、興味はなくとも知っている人間が多いくらいだった。

何故なら二人のハッカーは、不正を働いている会社や貴族、果ては犯罪組織の温床に至るまで。様々な箇所へ進入しては、世間に暴露した。破壊や自らの益となる行動を取らないことから、まるで義賊のような扱いとなり、犯罪者としては異例の人気となった。

同じような行動を取っていたことから二人は共犯ではないかという噂も立っていたが、どちらも捕まっていない現状、その真偽を確かめる術はどこにも存在しなかった。

二人のハッカーが発生したのは、どちらも六年ほど前だ。そして、ロキがサイバーの世界から忽然と姿を消したのは四年前。ユグドラシルはロキなき後も変わらず一世を風靡しつづけたが、そちらもまた二年前に姿を消した。

そんなロキが四年ぶりに姿を現したかもしれないと、世間は大騒ぎになっていた。

今回、ブループラネットによる宙域での戦闘と同時に、第五人工星を襲ったサイバー攻撃は三つあった。

ブループラネットによる、第五人工星外から第五人工星の根幹システムを担うマザーコンピューターへの攻撃。そして第五人工星内部から軍システムへの襲撃。

一つ毛色の違う三つ目は、ブループラネットによるものではないという説が濃厚な。

人工星中の病院への襲撃だった。

三つのサイバー攻撃中、一番鮮やかな手口だったのは病院へのハッキングだ。しかも『お邪魔しました☆』の但し書きで侵入が分かったという体たらくだ。親切にもシステム内を整頓した上に、横領職員を暴露してくれたのだから、関係者としては勘弁してくれの一言に尽きるだろう。

サイバー犯罪専門家の分析で、手口がロキによく似ているとの結論が出た。むしろそれ以外のハッカーならば、二大ハッカーと呼ばれた一人であるロキと似た手口の、新たな犯罪者が誕生したことになる。それはそれで勘弁してほしいと思うのは、関係者として当然の気持ちだろう。

しかし、そんな事情はさておき、手口を見るにほぼロキ本人で間違いないだろうとされた。

ブループラネットによるマザーへの襲撃は、そのロキが阻んだ。

一国家へのサイバー攻撃を個人のハッカーが防いだとなり、第五人工星の政府は情報の隠匿を決め、システム防衛部と情報部は激怒した。ロキがこの人工星にいるのなら、放置していることこそが人工星の損失だと独自で捜査を開始している。

このような仕事を生業としているのだ。ロキとユグドラシルに憧れや思い入れがあっておかしくないほど、二人の手口は見事なものだった。心躍るほどに。

軍へ攻撃をしかけた十三名は、あまりに稚拙な侵入にすぐ足がついた、というよりも痕跡を消すこともしていなかった為、あっという間に特定に至り全員連行となった。

しかしおかしなことに、十三名はブループラネットの工作員ということは認めたが、サイバー攻撃には覚えがないと言い張っている。その言が事実だと裏付けるように、十三人は逃げもせず呑気に部屋で寝ていたのだ。

確かに、隠すのであれば工作員である事実のほうであり、稚拙なサイバー攻撃を隠すのはおかしい。調査と尋問は続いているが、一向に埒(らち)は明かないままだ。こちらもロキの関与が示唆されている。

アクアが軍事要塞スザクから家に戻れたのは、朝の七時過ぎだった。

ルカリアの言葉通りあれからすぐに解散となったが、如何せん、帰りのシャトルが混んでいた。二連休なんていつ以来だろうと、徹夜明けで少しぼんやりしたまま家に入る。暗い廊下を黙々と進み、ぴたりと足を止めた。

「おい……」

どうして一晩で、それも寝るだけだったのにこうなった。

一歩踏み出せば帽子を踏んづける。三歩歩けばマフラーだ。片付いていた本は崩れ、空になった牛乳パックが転がっている。あれだけ嫌っていた牛乳を飲めるようになったんだなと感慨深いものを感じながら、アクアはすぅっと息を吸い込んだ。

「ユズリハ――――！」

「うはーい⁉」

「そこにいたのか⁉」

突然の大声にユズリハがソファーから飛び起き、予想だにしていなかった位置で寝ていたユズリハにアクアも飛び上がった。

結果として、二人とも大変驚くことになった。

なぜ目を覚ましたかは分からないが、ユズリハの意識はふっと浮上した。状況把握の為にぼんやりと周囲を見回していると、ヘルプに尋ねるまでもなく壁掛け時計があることに気がついた。昨日は気づかなかった。

家具などはアクアが選んだとは思えないセンスだが、壁掛け時計はアクアが選んだのかもしれない。壁掛け時計も今時珍しいのだ。紙媒体の本といい、アクアは案外アナログを好むのである。

そんな時計を見るに、今は昼を少し過ぎた辺りだ。

アクアが帰ってきてから、結局二人とも寝直した。寝直したも何も、徹夜勤務だったアクアは当然の睡眠であり、寝直したのはユズリハだけだ。

ユズリハは大欠伸を繰り広げた。ソファーを寝床にした結果凝った肩を伸ばし、再度欠伸をしながら絡まった髪をほどく。

今日は一日雨だから外出はしない。アクアもそのつもりだと聞いた。特に予定のない雨の日など、怠惰の象徴のような時間を過ごしていい日である。

ユズリハはもう一眠りしようか悩みつつ、腹を掻く。日が入らない部屋の中は薄暗い。寝ようと思えば眠れそうだが、せっかくアクアの家にいるのだ。ずっと眠って過ごすのは、なんだか勿体なかった。

身のある活動はせずともせめて起きていようと決め、ぺたぺたと裸足でフローリングの床を進む。スリッパはあるが、面倒なので履いていない。

辿り着いた寝室のドアをそっと開けて、中を覗く。ベッドに一人分の膨らみを見つけてほっとした。

おかえりとお疲れさまを言う前に膝つめの説教に入ったアクアは、一通り説教を終えると風呂に入って寝た。服が散らばっていたのはタオルと着替えを拝借する為で、部屋が散らかっていたのは、まさかエロ本探してましたとは言えなかったので説教は長く続いたものだ。

最終的に、「まあ……お前は昔から片付けと探し物が苦手だったからな……」という、深い深い諦めと共に許された。アクアはいつも、最後にはユズリハを許してしまうのである。

アクアはそんな気質をしている。だからユズリハのような人間につけ込まれてしまうのだ。

そんなことを思いながら、水を飲みつつパソコンをつけた。冷たい水が喉を流れて、ようやく目が覚めた気分だ。

「ヘルプ、荷物届かなかった？」

『一件です』

「ありがとう」

さすが安心即行が売りの通販。宅配ボックスに収納されていた荷物を回収し、届いたサポーターを早速装着する。

その後パソコンと向かい合ったが、目がしぱしぱするので顔を洗ってきた。

「アクアは徹夜明けだからまだ起きないよね……寝起きの悪さはまだ治ってないのかなぁ。起こさない限りずっと寝てる気もするなぁ」

いつの間にか癖になってしまった独り言を呟きながら、とりあえずパソコンに向かい合って資料に目を通す。瞳と指先だけがぐりぐりと動く。アクアから借りたパジャマは大きく、袖も裾も捲り上げなければならないが、彼の匂いは心地よい。断じて変態ではない。

優しい記憶に染みついた香りなのだ。安堵するのはきっと必然だった。

遠い過去、彼と共に眠った頃のように、絶対の庇護の下、何一つとして憂いのなかった時を思い出す。またねと約束したまま永久に途絶えたあの日々を、忘れずいられた僥倖を何に感謝すればいいのか分からないが。

壁掛け時計の音しかしない部屋の中に、軽い音が突如鳴り響いた。ユズリハはあからさまに顔を歪めた。

「お客さん？　やだなぁ、アクア起こさなきゃ駄目じゃん。ヘルプ、モニター」

『モニターです』

目の前に開かれた画面を見れば、そこには三人の少年が立っていた。二人の少年はそっぽを向き、一人だけにこにこと穏やかな笑顔だ。ユズリハは目を丸くした。

「双子……？　こりゃまたそっくりな」

とりあえずこちら側のモニターは切って、音声だけで応答する。

「はーい。どちらさま？」

一人暮らしだと思ったのだろう。三人はあからさまにぎょっとした顔を見せた。

『いや、あの、あれ？　アクア先輩いらっしゃいますか？』

「どちらさまで？」

『あ！　後輩です！』

わたわたしている少年の髪を、髪の短い少年が引っ張った。その少年を、髪を引っ張られた少年とそっくりな少年が殴る。

『もういいだろ、エミリア。帰ろうぜ……てめぇ、いつまで殴ってんだ！　ルカリア！』

『レオハルト、てめぇ如きがエミリアの髪を触っていいと思ってんのか？　ぁあ⁉』

『いい加減に――しろ！』

『『いったぁ！』』

あれは痛い。ユズリハまで反射で目を瞑った。

穏やかな笑顔を浮かべていた少年は、その和やかさとは違った気質もお持ちのようだ。

「……えっと、とりあえずアクア起こしてくるんで、ちょっと待っててくれる？」

やっと口に出した台詞は、エミリアと呼ばれた少年しか聞いていなかった。残り二名は回る星を眺めるのに忙しかったのだ。

モニターの前でにこにこ立っている少年の耳元には黒子があり、なんとなくそれを眺めた後、ユズリハは難易度Sとなることが分かりきっている任務へ向けて踵を返した。

意を決し、そっと寝室のドアを開ける。さっきも見た通り、彼らしく整頓された部屋は広さに比べて物が少なく、ほとんどを紙媒体の本が占める。

紙媒体の本は、溢れている頃は場所をとる、維持に手間が掛かると嫌厭され、数が激減した後に歴史上希少価値のある大切な文化財となった。

今では内容ではなく存在自体に蒐集家がいるほどだ。残っている数も限られ、とても値段が張る物なのだ。だからこそ、個人でこれだけ所有しているアクアは凄い。

もっともアクアの場合は、蒐集家というよりは気に入った話を紙で読みたいだけなのだ。それだけの理由でこれだけの数を集められるのだから、さすがは御曹司といったところだろう。

紙媒体特有の匂いとアクアの匂いの寝室は、ユズリハを眠りに誘おうとする。しかし今のユズリハは、アクアに来客を伝えるという使命を帯びていた。負けるわけにはいかなかった。

「アクア。起きて。お客さんだよ」

反応なし。

「アクア！　起きて！　お客さんだよ！」

その肩を掴み、全力で揺さぶる。反応なし。

「起ーきーてー！　お客さん！　だってばぁ！」

布団を剥ぎ耳元で叫び、頭を引っぱたく。反応なし。

ユズリハは両拳をベッドに叩きつけた。

「ちくしょう！　寝起きの悪さはそのままか！」

しかも寝不足が祟り、昼過ぎでもぐっすり熟睡中だ。ユズリハはどっと疲れ、その子どものように穏やかな寝顔を眺める。だんだん、起こすのが忍びなくなってきた。いっそこのまま寝かしといてあげようかと思ってしまう。

「って、駄目だ！　お客さんだってぎゃあ！」

絆されかけたユズリハが改めて気合いを入れた瞬間、長い腕が背中に回り、あっという間に抱え込まれた。鼻を打ち付けた胸板は固く、目に涙が浮かんだ。

「っ……騙されないから！　嬉しいなんて思わないからね！　どうせ、うるさいから抱え込んでしまえ、あ、静かになった、温かいな、寝よう。だろう！　君の思考は！　何抱えてるかも知らないんだろうね、どうせ！　いっそ裸になって横に並んでてやろうか⁉　ちくしょう！」

ユズリハは己を抱えるアクアの腕からなんとか自身の両手を抜き出し、端整な顔に伸ばした。

そのまま、しばしの沈黙が落ちる。

＊

「――――――――――死ぬだろう！」

鼻と口を押さえられたアクアは、渾身の腹筋を使って跳ね起きた。

上に乗っていた何かはベッドから転がり落ちていき、反対側の本棚にぶつかって止まったようだ。

肘をついて起き上がれないでいる者の正体がユズリハであることと、来客を知らせるライトが点滅していることから、アクアはすぐに状況を理解した。

目を覚ますまでが長いが、覚ませばあっという間に平常状態へと移行できるのがアクアである。

「……あ――――…………ごめんな？」

「……いいから、出てあげなよ。後輩って子が三人、エミルカレオだって」

「略すなよ」

アクアはすぐに着替えを済ませる。少し慌てていたから、首まで真っ赤になっているユズリハには気がつかなかった。

ヘルプを通して先にリビングへ上げた三人は、アクアが辿り着く頃には喧嘩をしていた。この三人、といっても主に二人だが、彼らは五分同じ空間に置いておくと喧嘩をするのだ。

「だーから、目玉焼きにはソースだろ⁉」

「だーからお前は子ども味覚なんだ。絶対醤油だろう」

鼻先を突きつけて歯を剥き出しにしている二人は、どちらかというと獣の喧嘩だ。

「エミリアもそう思うよな⁉」

ルカリアとレオハルトは、胸倉を掴み合ったまま首だけを同時にエミリアへと向ける。これではどちらが双子か分からない。

「あ、僕マヨネーズ。おはようございます、先輩。夜勤明けに押しかけてすみません」

「いや。それよりどうした。お前達の部屋からここまで、車でも一時間はかかるだろう」

「三人で交互に運転してきました」

「何で交互に……ああ、初心者か」

法律では成人となる一年前から免許を取る許可が下りるので、アカデミーに通いながら取った三人はどうやら同時期に受かったらしい。

「あ、車はヘルプの誘導通りに停めさせてもらいました」

レオハルトをぽいっと捨て、アクアの肩からひょこっとエミリアを覗き込んだルカリアが、手を上げて報告する。

「オレは帰る！」

背を向けたレオハルトの首根っこを、双子が掴んだ。

「駄目だよ！　ちゃんと先輩に謝るんだ！」

「うっせぇ！　謝ることなんて何もない！　離せよ、バカ！」

「てめぇ……エミリアを馬鹿だと？　どの口がほざきやがった。大体てめぇのせいで僕達まで休み返上で付き合ってやってんだろが。エミリアの優しさに感謝して平伏して当然だろ」

「別に平伏は求めてないよ、僕は。言っとくけどね……うん、聞いてないね」

再度掴み合いに発展した二人を前に、アクアはこっそりと欠伸をした。

これ以上寝ていてもいいことはないので起こしてもらってありがたいが、どうしてこの後輩達は、休日にわざわざ人の家で喧嘩をしているのだろうか。

とりあえず何か飲もうと背を向けた瞬間、頭に何かが飛んできた。確認せずに掴むと、昨日は片付けもそこそこに眠った為、適当に積み上げたままにしていた本だ。

「本を投げるな」

動揺も怒りすら見せないアクアの態度に、本を投げたほうの怒りが爆発した。本を投げつけられた当人は、何事もなかったように向かった冷蔵庫を開ける。

「オレはあんたが大嫌いだ！」

「知ってる。お前達、何か飲むか」

双子はよく似た笑顔を浮かべた。

「あ、お構いなく」

「あ、牛乳がいいっす」

微妙な沈黙が降りた。本当に内面は似ない双子だ。

「昼はどうした？」

「あ、お構いなく」

「あ、腹ペコっす」

アクアは冷蔵庫を確認した。この人数ならスパゲティが早いが、忙しさにかまけて麺も補充していない。

「じゃあ食っていけ。買い物が先だが。ついてくるか？」

双子は声を揃えて頷き、レオハルトは苦虫を噛み潰した顔で帰ると吐き捨てた。その首に、背後から回った腕が巻きついた。

「アクアぁー、ついでに甘い物ぉー」

来客の対応はユズリハがしたはずなのだが、どうやら三人ともその存在をすっかり忘れていたようだ。突然の乱入者に固まった三人を見て、アクアはそう判断した。

三人を固まらせた当人は何も気にせず、呑気に自己紹介を始めていた。

「初めまして、私はユズリハ。アクアの幼馴染で、昨日から居候中なんだ」

軍人の反射で身構えたレオハルトに構わず、ユズリハはへらへらと笑ってその背中にしがみついている。

「君は私とお留守番。なーんか喧嘩しそうだし」

「な、あんた誰⁉　つーか離せ！　なんでオレに乗ってんだよ⁉」

「さっき自己紹介したのに……お、鍛えてるね。身長私と同じくらいなのに凄いねぇ」

「チビって言いてぇのか⁉」

「それは私もチビって言ってるよね。いいじゃん、どっちにしてもアクアのほうが高いし」

下りろと振り回されても、ユズリハはびくともしない。まるで捕食する虫の如くしっかりとしがみついている。アクアは嘆息した。

あれはユズリハの得意技、必殺おんぶお化けの術である。あれをやられると、ユズリハの気が変わるか、死なば諸共精神で共に倒れ込む以外に逃れる術がない。

「レオハルト」

「気安く呼ぶな！」

アクアへの怒鳴り声に、ユズリハは大袈裟に声を上げた。

「うわぁ。叫ばないでよ。びっくりしたぁ」

「うっせぇよ！」

「君、さっきから怒ってばっかだねぇ。血圧上がるよ？」

「誰が怒らせてんだ！　いい加減どけよ！」

アクアはおんぶお化けと化したユズリハの頭に、ぐしゃりと手を突っ込んだ。

「レオハルト、こいつを頼んだ。気が済んだら離れるから。ユズリハ、髪、すごい」

「うそぉ！」

「綿菓子みたいになってる」

ソファーで寝たせいか、いつも以上にユズリハの寝癖は酷かった。

⁂

三人が出かければ、家の中は急に静かになった。突然背中に張りついてきた相手と二人っきりにされたレオハルトは途方に暮れた。

よいしょとようやく床に下りたユズリハに、安堵と共に舌打ちをする。その音が聞こえたユズリハは頬を膨らませた。

「もー、君、すっごく態度悪いね。アクアは先輩なんでしょ？」

「いきなりおんぶお化けする奴に言われたくねぇよ！」

もっともだと、けらけら笑いながらユズリハは自らの髪に手ぐしを入れる。

「うわ、思ってたよりボンバー。これもうどうにもならないね。ところで、何か飲む？」

「いらね」

「もー、君、すっごく態度悪い。私、アクアと同じ年だから年上なんだけど」

レオハルトは頬を指でつつかれながら、それでもしばし我慢した。しかしいつまでも止まらない攻撃に、ついにその手を押さえる。

「何なんだよ、あんたは！」

苛立ちのまま力を加えて、ぎょっとした。折れるかと思ったのだ。慌てて手を振り払う。そういえば、背中に乗った体重も軽かった。

「君さぁ、アクアのこと嫌いなの？」

「見りゃ分かんだろ」

「どうしてさ。アクアはいい奴だよ。私なんかよりよっぽど」

「あれがかよ。ばっかみてぇ！」

人が必死になって叩き出した成績をあっさり超えておいて、それが当然だと言わんばかりに自慢もしない。突っかかっても、お前なんか相手にならないと無視される。そのくせ実習で対戦すれば完膚なきまでに相手を叩き潰す。

高価な時計を自慢している奴の横を、もっと高い時計をつけて興味も持たずに通り過ぎていき、好きな人がいると豪語していたルームメイトの前でその女子に告白され、興味がないと立ち去る。

協調性もなく、自分だけよければそれでいい。アクア・ガーネッシュとはそういう男なのだ。

「オレらのことバカにしてんだ。ガーネッシュだからっていい気になって見下してんだよ！　だから誰も相手にもしねぇし、怒りもしねぇ！　怒る価値もねぇってんだよ、あいつは！　冷酷で自分だけが大切で、誰を傷つけてもなんにも思わねぇ、心なんてないロボットだ！」

必死でもないくせに、アカデミー主席を誰にも譲らなかった。

何をしても天才的にこなせる男は、他の奴の気持ちなんて分からない。誰の痛みも悲しみも理解できないし、そもそも悲しんだりしない。

母親と小さな小さな弟が死んだときでさえだ。ガーネッシュ家の父子は取り乱しもしなかった。淡々と恙無く行われた葬儀を、誰もがテレビ越しに見ていた。父親のジェザリオは、妻ニーナと第二子ウォルターを殺されたと演説を行い、ブループラネットに対する防衛と攻撃を掲げた政策を打ち立てた。

その同情と共感を集め、今では第五人工星の代表に就任している。家族の死を政治に利用した典型的な例だ。

「母親達が死んでもなんとも思わないのが証拠だろうが。あんたもあんな奴と友達なんてやめたほうがいいぜ。父親と同じく、いつあんたの死を利用するか分からねぇからよ」

吐き捨てたレオハルトの視界に拳が入った。反射で払いのけて戦闘態勢に入る。

「な、なんだよ⁉　あぶねぇな！」

避けられて残念そうに頭を振って、ユズリハは蹴りに入った。

「あ、私は暴力的なんで気をつけてね。そんでもって一発と言わず五十発くらい殴られてください。蹴りでもいいんだけど」

素人相手に、いつも演習を行っている軍人相手のような力を振るうわけにはいかない。レオハルトは攻撃を軽くいなしながらも舌打ちした。手加減するほうが面倒なのだ。

「君、忘れてない？　私はアクアの幼馴染で親友なんだ。そんなこと言われて、腹を立てないはずがないだろ」

「何で、あんな奴の為に」

「それはアクアを知らない坊ちゃんの言い分。そんでもって、アクアは優しいいい奴で、ちょっと抜けてて面白い奴っていうのが、親友の言い分」

「そんなわけあるか！」

眼前でぐるりとユズリハの身体が回った。落ちてきた拳はレオハルトの腕の隙間を縫い、見事にその頬を捉えた。

体重の軽さで痛みはそれほどなかったが、脳が揺れる。視界がぶれた隙を見逃さず、もう一発入った。次いで腹に蹴りが入ればさすがにレオハルトもよろけ、足払いを受けた。

そうして転がった上に、膝で腹にもう一発。

「なん、で、あんな奴の為にそこまで怒るんだよ」

軽く咽せるだけで済んだのは鍛錬の成果だ。

ユズリハはレオハルトの上に乗ったまま、にこりと笑った。

「あそこまで断言できちゃうくらい嫌ってる君に何言っても信じないだろうから言わない。けど、そういう風にアクアのこと思ってる奴がいるってことだけ覚えておいて」

「んだよ、それは！」

知った口を利く相手に、無性に苛立った。何発も攻撃を食らったことより余程、存在自体が腹立たしい相手を擁護する人間が、苛立たしい。

軽い身体を突き飛ばす。簡単に吹き飛んだ相手の胸倉を掴み上げ、頬を殴りつける。当然、手加減はした。なのに相手は、それだけで足が立たなくなったように座り込んだ。

「先に手ぇ出したのはあんただからな」

「分かってるよ……いてて、あー、口の中切れた。被害はこっちのほうが甚大な気がする、あち、喋ると痛い……」

あれだけ大立ち回りを仕掛けておいて、ちょっと反撃されただけでよれよれになっている。ついには鼻血まで出しているので、どう見ても肉弾戦に向いている身体ではない。しかし実戦の喧嘩慣れしているような動きでもあったので、よく分からない奴だとレオハルトは呆れた。

「どれだけ弱いんだ、あんた。それでよく喧嘩売ったな、おい。男としてどうかと思うほどモヤシだぜ」

少し躊躇いながら冷凍庫を開け、氷を持ってくる。ユズリハは適当にタオルを引っ張り出してそれを包むと、だんだん腫れてきた頬に当てた。

「弱いの分かってて喧嘩売るくらいアクアが大切ってことだよ。君のほうが食らってるはずだけど、さすが軍人。鍛え方が違うね」

「当たり前だろ。あんたみたいなひょろっこい奴にやられるほどまぬけじゃない」

「馬乗りを許したくせに？」

にやっと笑いながら痛いところを突かれ、ぐっと黙る。相手はけらけらと笑うも、痛かったのか眉間に皺を寄せた。

ごろりと床に寝転がった姿はだらしない。どうしてこれがあいつの〝親友〟なのだろうと、レオハルトは心底不思議な気持ちになった。

いつも姿勢を正し、休憩時間でも襟を寛げもしない。同じ場所に立つ気はないのだと言わんばかりに、いつだって一人でいた。話にも交ざらず、寛いだ姿も晒さない。アカデミー時代も現在も。同室だった奴でさえ見たことがないという。

見回した部屋の中は綺麗に片付いている。とても男の一人暮らしには見えない。庭園も美しく保たれていたから、きっと金に物を言わせて業者を雇っているのだろう。

その視線を辿って何を考えているのか分かったのだろう。ユズリハは、両手を広げてぐるりと部屋の中を示した。

「ここ綺麗に片付いてるけど、昨日はぐちゃぐちゃだったんだ。荒らしたの私だけど！」

「何やってんだよ、あんた」

「ちなみに子どもの頃からやってるよ！」

「ほんとに何やってんだよ！」

迷惑にも程があるし、堂々と胸を張る場面でもない。

「宿題はアクアに教えてもらったし、喧嘩して迷子になって足挫いてアクアにおぶってもらったたし、忙しくて遊んでもらえないことに拗ねて茶会に出向くアクアに泥団子投げつけたり、私の宿題手伝ってもらってるのに飽きて怒って髪の毛引っ張ったり」

「ひでぇな、おい」

「ハックしてレポートの宿題奪ったり、お菓子くれた人についていって行方不明になって見つけてもらったり、アクアが一週間かけて作った工作壊しちゃったり、足滑らせて冬の川にアクア巻き込んで落ちたり、風邪引いて寂しくて一晩アクアを引きとめた挙句、風邪移したりした！　しかも看病飽きて遊びに行った！」

「あんた悪魔か！」

にこにこ笑う場面でもない。

「それでも付き合ってくれて、面倒見てくれるくらい、いい奴なんだよ」

やけに説得力があった。レオハルトが今まで信じていたアクアの像が音を立てて崩れていく。

嘘だ、あの男が他人と関わるはずがない。こんな、百歩譲っても迷惑な奴と親友なんてやるはずがない。こんな暴力的でへらへらして何考えてるか分からなくて、言動共に迷惑な奴と。そもそも親友がいる姿すら想像がつかないのに、百歩譲らなかったら頼まれたって近寄りたくない奴と。

「ね？　いい奴でしょ？」

思わず頷きかけて、慌ててかぶりを振る。

「じゃねぇ！　あんたがめちゃめちゃ酷い奴なだけじゃねぇか！」

「あ、くそ、ばれた」

舌打ちした後、ユズリハはにたりと笑った。本能的に警報が鳴る笑みである。

レオハルトは、気がつけば後退りをしていた。

「じゃあ、忠告を」

じりじりと近づいてきたユズリハに胸倉を掴まれ、彼のほうに引き倒される。さっき殴った頬の柔らかさを思い出し、突き飛ばすのを躊躇ったレオハルトは、引かれるままに覆いかぶさった。

柔らかく細い腕が後頭部へ回り、吐息が耳にかかる。

「意固地になってると、見失っちゃいけないものまで失くしてしまうよ。意地で、君を損なう行動を取らないほうがいい。間に合うなら、それに越したことはないのだから」

がちゃりとリビングの扉が開いた。三人もの人間が帰宅したというのに、静寂が部屋を支配する。

床に倒れ込んだレオハルトとユズリハを見る三人の表情は、それぞれ違う。一人は口笛を吹き、一人は驚愕しましたと顔に書いており、一人は完全なる無表情であった。

完全なる無表情であるこの家の家主に、ユズリハがレオハルトの下から手を振る。

「おかえりー」

「………………ただいま」

律儀に返答したアクアは、袋を片手にキッチンへと向かった。

「アクア、牛乳は冷凍庫に入れちゃ駄目だよ。アイスはレンジじゃないねぇ。あれ、いま買ってきた玉ねぎ捨てちゃうの？　油は飲むものじゃないし、蓋開いてないからね。うんうん、ラップは茹でられないし、お玉でトマトを切る気かい？　斬新だねぇ」

無表情は崩れない。淡々と奇行を続けるアクアに、ユズリハは固まったままのレオハルトを立たせ、その耳元で囁いた。

「ね？　アクア、面白いでしょ？」

冷静沈着鉄の心臓アンドロイドとまことしやかに囁かれていた男の奇行に、レオハルトもまた固まったまま動けない。

いまこの家の中で元気なのは、ユズリハと牛乳を飲んでいる双子のみだった。

＊＊＊

アクアが料理をすることにも驚愕した後輩三人は、食後はぎゃあぎゃあと騒ぎながらチェスに興じていた。

しかし、そのうちに疲れが出たのだろう。ユズリハ達が気づいたときには眠っていた。大の字のレオハルト、動き続けるエミリア、そのあとにぴったりついていくルカリアだ。

三者三様の寝姿を時々眺めつつ、テーブルでパソコンに向かっていたユズリハの前に紅茶が現れる。視線を上げて礼を言う。

本を読んでいたはずなのに、いつの間にかお茶の用意をしていたアクアは、自分の分と焼き菓子を持って前に座った。どうりで、甘い匂いがしている。

今更ながら気づいて鼻をひくつかせると、その癖も治ってなかったのかと笑われた。

「焼いたの？」

「人数がいるからな」

アクアの紅茶にはレモンがついているが、こちらにはない。口の中の惨状を考えてのことだ。さすがに軍人相手に喧嘩を売って、無傷で済むとは思っていない。

むしろこの程度で済ませられるとは思わなかった。子どもの癇癪のように怒鳴り散らしていたわりに、相当手加減されたようだ。

ユズリハは、傷に気をつけながらマドレーヌを齧った。焼きたても美味しい。冷めたらもっと美味しいだろう。アクアの作る物は、何でも美味しいのだ。

「レオハルトに何か言ったな？」

「さあ？」

「少し、大人しかった。何を言ったんだか」

ふわりと現れた笑顔で充分だった。

頬に貼った冷却シートをさり気なく撫でる。最近怪我ばかりしている気がするけれど問題ない。こんなときは男だと勘違いされていてよかったと思う。そうでなければ、彼は全力でかかってきてくれない。女性への対応を叩き込まれている御曹司。性差で相手を制することを嫌悪する彼が、喧嘩で女性に手を上げることはない。

言動一つで揚げ足を取られる世界が、本来ガーネッシュ家の御曹司である彼が生きる場所だ。

ユズリハは彼が気を使わないでいられる存在でいたかった。あるがままでいい。我慢もいらない、奔放でいい。全力で感情をぶつけてほしいし、我儘だって聞きたかった。

その為にユズリハは、やりすぎなくらい奔放に振る舞ってきた。勿論、結構な部分が素であったのだけれど。

喧嘩なら殴り合おう。そのほうが、言葉で傷つけ合うよりよほど禍根を残さない。顔だって腹だって殴ってくれて構わない。そうして、殴り合ったら仲直りしよう。仲直りして、喧嘩する前よりもっと仲良しになろう。

そうやって、ユズリハとアクアは全力でぶつかってきた。

「君は相変わらず不器用だなぁと思ったよ」

「別に理解してもらわなくても構わない。それで取るべき行動が変わるわけじゃない」

どんなに嫌われていようと好かれていようと、相手の立ち位置は変えない。必要がないと判断すれば関わらないし、守るべきなら守るだろう。彼は相手の態度で自分の態度を変えたりしない。

ユズリハは頬を膨らませた。

「私は君が嫌われるのは嫌だ」

昔から言っている言葉を伝えると、昔と同じ言葉が返ってくる。

「お前が嫌わないなら充分だ」

柔らかな笑顔で言われると、ユズリハは何も言えなくなる。それを知っているはずもないのに、アクアは惜しげもなくその笑顔を向けてくるのだ。何が無表情だ。

ユズリハは、赤くなった頬を隠す為に額をテーブルに打ち付けた。凄い音が上がるも、おかげでなんとか冷静さを保つことに成功した。

しばし穏やかに、お茶の時間を楽しむ。視線を向けた先では、三人にかけたタオルケットがぐしゃぐしゃになっていた。

「君、軍人になったんだね」

　ぽつりと呟く。問いではないユズリハの言葉に、アクアは動揺しなかった。

「知ってたのか。それとも気づかれたか？」

「君の考えくらい分かる……そんなに、許せなかった？　君のせいじゃないじゃないか」

　遠く離れた地で、母親と幼い弟を殺された。ブループラネットは内包する命ごと人工星を破壊した。一歩間違うと冷え切った家庭になっていたガーネッシュ家を支えていたのは、自身も忙しかった母ニーナだ。何を言われても、気難しい父ジェザリオの背を笑顔で叩いた。彼女があの家に笑顔を咲かせていた。

　彼は許せなかったのだ。母と弟を殺したブループラネットを、その死までをも利用した父を、守る術を持たなかった彼自身を。

「私は君に危険なことをしてほしくない。傷ついてほしくない。君が嫌うぬくぬくとした安穏にいてほしい。戦場になんて、いかないで。戦争なんて関わらないで。君は優しい。すごく優しい。だから人を殺した自分を許せない。……幸せになるつもりなんて、もう、ないくせに。君のことだ。戦場で殺した人と同じように散れたらって思ってるんだろう。泣く人なんていないって、思ってるんだろう⁉」

　夕焼けのような髪がユズリハの表情を隠す。綺麗な赤銅色の髪の毛と瞳。

　アクアはこの色が一等好きだと言った。そう言ってくれた。

「泣かないでくれ」

泣き虫は治っていないなと、苦笑した指が涙を拭う。

「……いつだって、お前の涙に救われてきたよ。お前はいつだって、泣けない俺の代わりに泣いてくれた。……充分だ。本当に、それだけで充分だったんだ」

ユズリハはちっとも充分ではない。何一つとしてよくはないのに、アクアは本当に満足げに笑うのだ。

「お前が泣いてくれることくらい分かってる。それでも俺は、力がない自分が許せなかった。手も届かない場所で母さん達が死んで、泣き虫で寂しがりのウォルターの遺体さえも見失ったまま……平穏なんて、戻れない。俺はもう戦争に関わっていたんだ。〝いつも〟は二度と戻らない。だったら俺も、そのままでいいはずがないじゃないか」

「どうして駄目なのさ！」

「それで、あの男の跡を継げって？　冗談じゃない。俺はあの男と同じ道だけは歩まない。絶対にだ」

ユズリハは唇を噛んだ。

この人工星にいる以上、アクアは父親の影響力から逃れられない。ガーネッシュ家はそれほどに大きい家門だ。

ならば他人工星に移ればいい。しかしそれは、彼自身が許容できない。仇を討てる力が、頭脳が、術があるのに投げ出せる性格ではない。良くも悪くも優秀で、真面目なのだ。

いっそずるければと何度思ったか知れない。ずるく卑怯で凡庸だったら、どんなによかったか。

「どうしたら、やめてくれる」

アクアは苦笑した。そんな日は決して来ないと、ユズリハも分かっていた。

「俺が死ぬまでだよ。ごめん、ユズリハ」

夕日に照らされた優しい笑みが憎い。

優しい人なのだ。憎んだ敵でさえ傷つけた自分を許せないほどに。

敵ならいいではないか。彼を戦場に駆り出すほど憎い相手なら、殺してしまえばいいのだ。そうして彼が生きていけるなら、ユズリハはそれでよかったのに。

「ごめんな」

「私は、嫌だ。絶対、すごく、嫌だ！」

「うん、ごめん」

子どものように笑う彼が生きていてくれるなら、ユズリハはもう何も要らなかったのに。


夕飯は、ユズリハとエミリアを除くメンバーで作られた。

エミリアはみじん切りにするはずの玉ねぎを面倒だからと握り潰したし、ユズリハはずっとアクアにおぶさっていたからだ。

結果、二人揃って台所から放り出された。ユズリハとエミリアは拗ねたが、五分後には楽しげな笑い声が響いたのでルカリアが交ざると叫び出し、焦がすなバカとレオハルトが怒る。

何だかんだと喧嘩する後輩を放置して、アクアは黙々と一人でハンバーグを捏ねていた。

完成後も微量な差で喧嘩する二人を、エミリアは笑顔で殴り飛ばした。アクアが作ったのならグラム単位で同じだと言い切ったユズリハの問題発言に、アクアは普通だろうと首を傾げた。

風呂はじゃんけんで勝ったエミリアが入ろうとして、一緒に入ると片割れが駄々を捏ねた。うるさいと怒鳴り込んでしまったレオハルトと始まった喧嘩を殴り飛ばし、エミリアは大雑把な名案を思いついた。

「三人で入ればいいんだ。広くてよかったね」

「よくない！」

結局騒ぎ疲れた三人は湯中りを起こし、早々に客間へと引っ込んでいった。

少し経てば、昼寝もしたのにすでに鼾が聞こえてきた。適当に引っ張り出した布団は昼間に干しておいたから、問題なく三人は就寝したようである。

残ったユズリハとアクアはそれぞれ風呂に入り、寝る前に軽くお茶を飲んで話をした。

彼はもう幼かった頃の彼ではない。指先までユズリハと違っている。おやすみと微笑んだ声は記憶にあるものより幾分か低いテノール。頬が染まるのは許されるはずだ。

寝室へ向かったアクアを見送り、ユズリハは昨日と同じようにソファーに寝転がり、固く丸まった。ベッドで寝ろと言いたげなアクアに、成人男性はソファーで寝ても許されると言い切ってここの権利を手に入れた。女だとばれたら彼は自分のベッドを明け渡してしまっただろう。

身体を縮めて丸まれば、ユズリハの全身がソファーに収まる。

ぎゅっと目を閉じて息を吸う。頬が痛い、背中が、身体が軋む。何より心が軋む。耐え切れないほどに痛む。

そんな中でも、思考の中でぐるぐる回り続けるものは、身体の痛みなどではなかった。

あれは覚悟ではない。歯を食いしばって痛みに耐える。

必然だと、彼は思っている。殺したのだから殺されるのが当然だと、何の疑いもなく信じている。

きっと彼は、家族を殺されたと銃を向けられれば、抵抗もしないで凶弾をその身に埋めるだろう。

任務であれば、真面目で優秀な彼は躊躇いなく器用にこなす。けれど不器用な彼は、自分自身の庇護さえ差別と取るだろう。命は平等だと、当たり前のことを真っ当に果たすだけだと、その身を守りもせず、凶弾を凶弾と名付けず死んでいくつもりだ。

ユズリハは滲んだ涙をシーツに擦りつけ、啜り泣いた。

「私は、君の為に何ができる……？」

ユズリハの願いならたくさんある。それは彼にとってエゴとなるだろう。けれど彼が望むことを果たしてやれば、彼は死んでしまう。

幸せになって。

ただそれだけのことが、どうしてこんなにも難しいのだろう。

「幸せになって、アクア。お願いだから、幸せに」

幸せになって。お願いだから。恋をして、愛し愛されて。

幸せになって。

困ったとき、苦しかったとき、助けを乞い、縋った先はいつも一人だった。

その彼への願いの先をどこに向ければいいのか、ユズリハには分からない。それでも祈った。身体を丸め、握りしめた掌に祈りを籠める。

幸せになって、アクア。お願いだから。

――と、幸せになって。

「アクアっ……」

ユズリハの祈りは誰に聞かれることなく、しんとした夜の闇に溶けていった。

★ ✳ ★

二七歳にして一部隊を任された若手の星ことホムラは、今日も今日とて机仕事に埋もれていた。

いい加減寝たい帰りたい。遊びたいなんて言わないからとにかく休みたい。

若手期待のエースは、最近そんなことばかり考えていた。

伸びた黒髪に視界が埋まる。書類を挟んだボードを何枚も宙に浮かべ、その周りには更に画面が躍っている。画面に表示されている文字は忙しなく流れ続け、新しく処理が必要な案件を作り出していく。

ホムラは浮かんでいたボードの一枚を指でつつき、そこに挟まっている書類の枚数をざっと数え、うんざりした顔をした。

この時代でも、紙媒体は健在だ。寧ろデータベース化されていくほど貴重となる。サイバー犯罪増加が伴うにつれ、重要案件こそ紙媒体で管理される体制に戻りつつある。機密事項ほど直接会ってお話ししましょうという時代に戻っているのだ。

利便性が増せば増すほど、敵側もそれに対応していく。結局はデジタルもアナログも両方対処しなければならず、仕事は増える一方だ。

ホムラも、サインを何百枚書いたかもう覚えていない。

どうしてこんなに仕事が溜まっているのかといつも思うが、理由は分かりきっている。

一回の出動だけでも面倒な事後処理があるのだ。それなのに、それが終わった頃にはまた戦闘だ。寧ろ、終わる前に戦闘が重なり続け、この有様である。

隊長なんて碌なことはない。何せ、戦闘に出動した上で事後処理も担い、作戦も立て、上層部からの呼び出しにも応じねばならないのだ。

しかもホムラとヒノエは、他の隊長とは違う事情を背負っているゆえ、なおのこと収拾がつかなくなっていた。

ただでさえやることが多いというのに、他部隊からも仕事が回ってくるのだ。

入隊したとき、ホムラと同期のヒノエの隊長だった男が回してくるのである。

当時の隊長は、いかにも軍人らしくごつい身体とごつい声の男だった。ホムラとヒノエが隊長就任した際は大層喜んでくれたが、その激励で背を叩かれ、二人揃って三メートルくらい吹っ飛んだ。

おう、お前らやっとけ！

彼も彼でやらねばならぬことがあり、どうしようもないほど忙しいのだと知っている上に、その豪快な笑顔を断れない自分達が悪いのだ。そうと分かっているが、やるせない気持ちになることくらいは許されるだろう。

そうして今日も、押しつけられた仕事の始末で、ホムラの日は暮れる。宇宙なので暮れるも何もないのだが。

そのとき、知らせもなくドアが開いた。隊長二人が同室となっている部屋でそんなことをする奴は、元隊長と、同室であり同期のヒノエしかいない。

予想通り、そこにいたのはヒノエだった。ヒノエは、一つに纏めていた銀髪をほどきながら部屋に入る。

「ホムラ、お茶を」

「淹れられる状況に見えるか？」

「淹れてきました」

「お前のそういうところ、ほんと好き」

宙に浮いていた書類を回収し、重力を調整しながら蓋が付けられているコップを受け取った。温かい飲み物にようやく人心地つく。

同じように忙殺されているはずの同期は疲れた素振りを見せない。体質か？　体質が悪いのか？

ホムラは茶の水面に映る、やつれ切った自分の顔をまじまじと見つめた。

「俺も人工星が恋しい………」

休み一つままならないのに、連休なんて夢のまた夢である。そんな夢の中で遊んでいるであろう部下達が、羨ましいを通り越して恨めしい。

「ホムラ、神の卵を知っていますか？」

脱いだ軍服をハンガーにかけたヒノエに問われ、ぐずぐずと嘆いていたヒノエは顔を上げた。

「いんや。聞いたこともねぇな。神話の話か？　それとも新手の宗教か？」

人間にはいつまでたっても神が必要なようで、宙へと逃げた後も神は失われない。

ヒノエは珍しく眉間に皺を寄せた。いつもは大抵澄ました顔をしている男なのだが。そんなヒノエの様子に、ホムラは不思議そうに首を傾げる。

「珍しいな。お前がそんな顔してるなんて」

「少し気にかかる噂を聞いたものですから」

要領を得ない話し方に、彼の中でも処理できていない情報だと理解した。

「で、どういったしろもんだ？　神なんて大層なものが生まれてくるのか？」

そんな物騒なものが現れたならば、ヒノエは誰に恨まれようとその卵から何者かが生まれてくる前に叩き割る。本物であろうがなかろうが、どちら側にも人は分かれて争う。

神は絶対的なものゆえに、どちらも妥協点を見つけられずに人は滅んでいくだろう。それは歴史が証明している。救いの為に生み出された神という名の輝きを巡り、数え切れない人間が死に、殺されてきた。

　歴史は繰り返すと、歴史が証明してしまってきたのだ。幾度繰り返しても人は変われない生き物だと、人自身が証明しつづけてしまってきたゆえの歴史なのだから、救いようなどどこにもなかった。

　しかし、ヒノエはゆるりと首を振る。その様に、ホムラは少しだけ安堵した。だがすぐに、その安堵が間違いだったと知ることとなる。

「人の数値化に成功した博士が作り出した、神の御業と聞きました」

　含んだ茶が妙なところに入った。その器官は空気以外は受け付けないと怒り狂う。

　激しく咽せ込みながら、どんっとコップを叩きつける。

「数値化って……単独転移ができるじゃねぇか！」

　人が人工星間を移動する場合、データなどの通信とは比べものにならない時間がかかる。それはデータなどと違い、人間の身体を数値と置き換えることができず、生身のまま船を使うしか術がなかったからだ。

　何一つとして違えることなく何光年と離れた場所へと身体を移動させるには、人の肉体及び精神におけるまで余すことなくデータ化する必要がある。髪の毛一本違えることなく、精神までをもデータ化し、身体共に移動させなければならないのだ。

　しかしそれは、どれだけ足掻いても人間が到達できなかった領域だ。

　だから現在は、空間移動に重点が置かれている。歪ませるのは空間で、物品、身体は、特殊な保護処置を行った上で移動を開始する。その装置の研究が、連合のもとで実用も近いといわれている状態だ。

それでさえ、人類が今まで到達できなかった領域だったというのに。

「嘘だろう……」

ホムラは呆然と呟いた。

単独転移が可能ならば、人工星内の入国審査などあってないものとなる。そんなものを人が手に入れれば、人が滅ぶ。

戦争と名付けた殺戮が容易くなりすぎて、元より効かない歯止めが失われる。時間と費用と気力を必要とした進軍が、僅かの手間と時間で終わってしまうのだ。

神の卵と名付けられたそれが装置なのか概念なのか理論なのかは分からない。しかし、争う双方が手にしても最悪なそれが、どちらか片方の手に渡れば戦争より最悪の事態もあり得る。

突如相手の懐に現れることも可能となるのならば、戦争にまで辿り着けない。一瞬で終わってしまう。神の卵を手に入れた存在が、それこそ神のように世界を支配するのは容易だろう。

「恐ろしい話すんなよ。見ろ、鳥肌」

「わたしだって眉唾物と思っていますよ。けれど、上層部が噂を落としてこないんです」

まるで極秘情報のように大切に抱え込んでいる。あまりに信憑性がなければ誰も信じずに、気楽な笑い話としてしまえるはずのものをだ。

ホムラは鬱陶しい前髪を弾いた。

「そいつはちょっと妙だな。それにしてもヒノエ、あんま危ない山に首突っ込むなよ」

「大丈夫ですよ。弁えてますから」

「お前の世渡りの上手さはアカデミー時代からよく、よーく分かってる」

多くを語らず含みを持たせた笑みを浮かべるヒノエに、ホムラは鋏を渡す。ヒノエは不思議そうな顔一つせず、受け取った鋏をくるりと回す。

「料金とっていいです？」

「代わりにお前の切ってやる」

「冗談やめてください。毛根が滅びます」

「そこまで酷くねぇだろ⁉」

新たにプリントアウトされた書類が床に落ちて広がった。ヒノエの机は、もう天板が見えない。流れ続けた書類を拾う主が不在だったからだ。そして部屋にいたにもかかわらず、同室者であるホムラの机が同じ有様であることから、もうどうしようもないのである。

休みの今日、この山を終わらせないと明日からの任務に支障をきたす。既に言っていることがおかしい気がするのだが、事実なのだから仕様がない。

この山を前に、どこへ行っていたのだろうという疑問が、ホムラの頭に今更浮かんだ。

その視線に気づいたのか、ヒノエは肩を竦めた。

「面会要請があったのですが、本人が不在ですので私が相手を。ゼルツ家、つまりはレオのお兄さん方がいらっしゃっていたのですよ。しかしそのレオは、どうも知ってて逃げたようで」

ホムラの脳内に、くそ生意気な面が思い浮かぶ。十代半ばの子どもなど、どいつもこいつもくそ生意気なものだが、その中でもとびきり活きのいいくそ生意気な顔である。

「おい、お前のとこの部下だろ。いい加減うちのに絡むのなんとかしてくれよ。アクアがそう簡単に喧嘩買うとは思わねぇけど、こじれるのも面倒くせぇ」

事あるごとにホムラの部下へ突っかかってくる、ちまっとした少年に辟易はしていた。これ以上厄介事が増えると、泣く自信すらあるのだ。

ヒノエも溜息をつく。

「分かってはいるんですけどね、彼もつらい立場なんですよ。ほら、レオは養子に出されていたでしょう？　ご両親が亡くなって幼い長兄ルドルフが継いだものの、しばらくは叔父に当たる人が当主代理を務めていたそうです。その頃からゼルツ家は傾いていました。援助を申し出ることを条件に、格上であるマクレーン家へ、売るようにレオを渡したそうです」

幼い兄二人は、止める術を持たなかった。それを今でも悔やんでいる。

ゼルツ家はそれから目を見張る復活を遂げた。資金を貪り食っていた叔父含む親類一同から当主の利権を奪い返し、今では議会も無視できない大企業を作り上げた長兄ルドルフは、次兄アルブレヒトと共にゼルツ家を第五人工星屈指の名家にまで叩き上げた。

レオハルトは二歳に満たぬ年で養子に出されている。兄の顔も碌に知らず、自身への愛情を確認することもできぬ年で売られていった。

彼の不幸はそれだけでない。子のできないマクレーン家に入り、跡取りとして厳しい教育を受けた。遊ぶ暇もなく、跡取りとして恥ずかしくないようにと、およそ子どもがこなすには無理のあるスケジュールで幼年時代を過ごした。

彼が七つになった年、望めないと言われていたマクレーン家に実子が生まれるまでは。

「それからは放っておかれたそうです。部屋も使用人も全て取り上げられ、マクレーン家に恥じないように適当に好きに生きろと」

そんなことを言われても、レオハルトにはどうしていいのか分からない。跡取りとしての自分しか知らない。そう育ててきたのは紛れもなく養父母で。

厳しさだけで一寸の隙間もないほど固められてきた人生を、もう無用だと放り出されても、生きてはいけない。今更いらないと言われても、それ以外の生き方など知らないのだから。

そうして持て余された彼は、早々に軍へと放り込まれた。

「誰を憎めばいいのかも分からなかったのでしょう。そんなところにアクアの登場です。第五人工星一の名家ガーネッシュ家嫡男。彼が奪われた権利を望まれながら捨て、しかもここで生きるしかないと決めた軍人としても上を行く。本来二年あるアカデミーを一年で卒業し、通常より早く優秀に卒業しようとしていたレオを、アクアはあっさりと追い抜いていきましたしね」

レオハルトも双子も、大学まで進学していない。高校を早く卒業し、原則二年のアカデミーに入学したのだ。そこに、大学を卒業した上でアカデミーを駆け抜けていったアクア。家に戻るよう再三の要請にも応えず、自分で軍人の道を選んだ少年。

この道を選ばされたレオハルトからすれば、八つ当たりと分かっていても許せなかったのだろう。

せめて配属施設が違えばよかったが、同施設で目と鼻の先にいる。恐らくは本人にも抑えがきかないまま、ここまできてしまったのだ。

「お兄さん方は彼を取り戻したいと思っているようです。ようやくマクレーン家よりも力を得た。実子を得たゆえ養子を放り出したとなっては外聞が悪いと、そう言ってレオを手離さず飼い殺したマクレーンから、奪い返しても揺るがない地盤を彼らは作り上げた。ですが、肝心のレオが会わない。面会の希望からも逃げ続けています。期待することをやめた彼にとって、肉親に揺るがされるのが怖いのでしょうね。信じて、裏切られるのが」

ホムラは、清掃装置に吸い込まれていく己から切り離された小さな髪をなんとなく見送る。

「ガキだなぁ。仕方もねぇが」

「今年ようやく成人ですからね。わたしだって、このままでいいとは思っていませんよ。それでもこればっかりは、当人が納得しないとどうしようもないことですから」

ふとホムラは気がついた。この深夜に面会とはどういうことだ。

前髪を切り終えたヒノエは残っていたゴミを捨て、おやと意外そうに眉を上げた。

「もうとっくに夜が明けたこと、もしかして気づいていなかったんですか?」

そうしてホムラは、徹夜五日目を知ることとなった上に、少し泣いた。

第三章　崩壊

微かな足音に反応して、意識が浮上した。ふわりとしたそれを逃さないよう、まどろみから抜け出す。もうずっと、眠りが浅い生活を続けていた。熟睡の仕方など忘れたと思っていたのに、アクアの存在はその気配ですらユズリハを解いてしまうようだ。

ユズリハはゆっくりと伸びをする。執拗に冷やした甲斐あってか他の理由かは定かではないが、思ったより腫れなかった瞼に安堵しながら欠伸も追加した。

そこに、二つあった顔のどちらかが、これまた欠伸をしながらリビングに現れた。この顔がどちらのものか、判別するには付き合いが短すぎて難しい。

「おはよう。よく眠れた？」

相手はがたりと後退りした。ユズリハがここで寝ているとは思わなかったのだろう。

「あ、私のことは気にしないで。元々仕事しながら寝ちゃうほうで、ソファーなんてしょっちゅうだから」

「そうっすか。おはようございます」

「言葉遣いからしてルカリア君でよろし？」

「よろし、ですよ」

冷蔵庫を開けたルカリアはコップ二つにお茶を入れてくれた。礼を言って受け取りながら、その顔をまじまじと見つめる。

「ほんとおんなじ顔なんだ。珍しいね、普通大きくなると差が出てくるもんだけど」

「僕はエミリアの為に生まれましたから」

自信満々に胸を張ったルカリアの耳元の黒子を見つめながら、ユズリハは目を僅かに細めた。

「おや、情熱的。さぁて、少し早いけどみんな起こしてこようかね。朝ご飯は目玉焼きでいいかな？」

「その前に鍛錬すると思いますよ。僕はエミリアを起こしてくる」

「おや、もう一人は？」

「エミを起こすときに起きない奴は人間じゃありません」

その後、アクアの目覚めにかかった所要時間三四分。同じタイミングで開いた客室の扉に、ユズリハは全てを悟った。


朝からぐったり疲れ切ったユズリハの視線の先では、軍人四人が鍛錬に精を出していた。

さっきまでは、常備しているらしいナイフで組み合っていた。一対一でやっていたはずが、いつの間にか一対三になっている。最終的には一のアクアが勝利を挙げたことを、朝日を弾いて地面に突き刺さったナイフが教えた。

三側であったレオハルトは、地面にべたりと座り込んだ。

「あんたの動きはおかしい！　どの動きしたらあんたが予測できない動きになるんだよ！」

「……ユズリハがしなかった動きだな」

「あいつのせいか――――！」

レオハルトの怒声を皮切りに、あっという間に組み手へ移行した四人を眺めながら、ユズリハはのんびりとサラダを並べていく。スープは昨日アクアが作っていたのを温めるだけだ。パンはもう焼いた。

最後に目玉焼きを焼こうと卵を取り出すと、何やら外が騒がしい。また喧嘩だろうかと放置したが、女の声が混じっていて首を傾げる。

そして、大きな窓から庭を覗けば修羅場だった。

「どういうことなの」

卵を取りにいった間に一体何が。

ユズリハは、窓の一番近くにいた朝焼け色をつつく。隣に座っているほうが人を食った笑みなので、こっちは兄だろう。

「あれは何してるの？」

「えーっと、話せば長いんですけど。あの女性はアクア先輩の婚約者さん、です？」

「ほお」

それは興味深い。何故か疑問形で答えられたことも気になるが、他にも疑問は満載だ。

ユズリハは騒ぎの中心へと視線を向ける。そこには見知らぬ少女、そしてその少女と怒鳴り合っているレオハルトがいた。

「で、何で喧嘩してるのレオ君なんだい？　なんか片方のほっぺた赤いし」

「えーっと、投げ飛ばされて憤慨していたレオの前で先輩に抱きついた彼女に、邪魔だどけブス再戦だ！　と、言っちゃったからです」

納得した。だから美少女に平手打ちを食らった上で、怒鳴り合いに発展したわけだ。ブスはいけない。

「い、言うに事欠いてブスとは何事ですか！」

「うるせぇ不器量！」

「不器量⁉」

不器量もいけない。そもそも意味が変わっていない。

それに、たっぷりとした綺麗な巻き毛の少女は、美しさと可愛らしさの境目にいる。つまりはどう見ても愛らしい。

ユズリハは頬を掻いた。あれが不器量なら、世の女性の大半が不器量ということになってしまい、レオハルトが女の敵となってしまう。世界中の女性から八つ裂きにされたくなければ、レオハルトは真摯に謝罪したほうがいい。

「で、疑問形のところはどういうこと？」

「代表は承認、先輩は不承認ってことっすね。先輩が軍にいる以上、無理じゃないっすかねー」

アクアは幸せになる気がないから。

ユズリハは嘆息した。しかし話題の当事者は諍(いさか)いに関わろうとせず、先程自ら弾き飛ばして地面に突き刺さったナイフの手入れを始めた。事態を収めるどころか、レオハルトのナイフの手入れが気になるようである。

「で、あれはいつ収まるんだい？」

「関わっても面白くないから僕は関わりません」

肩を竦めた弟の横で、兄がぽつりと呟いた。

「お腹空いたなぁ……」

「さあ、解決しよう！」

「おい、弟くん。それでいいのか弟くん。ところで君、器用らしいけど化粧はできる？」

エプロンを脱ぎながら問うたユズリハに、ルカリアは胸を張って答えた。

「もちろん。何時如何なるとき、何がエミの役に立つか分からないので」

「うん、ルカ。どうしてそれが僕の役に立つと思ってしまったのか、後で聞くからね」

穏やかな笑顔で釘を刺したエミリアは、よしと一度気合いを入れ、憤慨する美少女と地団太を踏むレオハルトの仲裁へ挑戦しに行った。

ユズリハはそれを応援しつつトランクをひっくり返した。散らばった荷物の中からワンピースと化粧品を取り出す。何も言っていないのに、ルカリアは既にポーチを開けて中を確かめていた。

「聞いていいですか？」

「んー？　あれ、マスカラがない……どこ突っ込んだかな」

マスカラはトランクの底に永住する気だったようで、隙間に挟まっていた。そこを終の棲家にする前に、ちょっと睫毛と浮気してみない？

「どうして男の振りしてんすか？　そしてどうしてあの人はそれに気づかないんですか？」

「女の子は怪獣合戦よりお人形遊びを好むと信じていたアクアへの応急処置です。まさかここまで継続することになるとは思いませんでした。ついでに君のお兄さんとお友達も気づいてない」

「エミはそこがいいんです。レオはただの馬鹿だ」

「アクアもそこがいいんですぅ。あ、取れた。よろしくー」

　手渡されたマスカラをひとまず横に置いておき、ルカリアは黙々と下地を手に広げ、ユズリハの顔に塗りつけはじめた。

「僕だったら早々に言ってしまいますよ」

「ルカ君、想像してみてください。君が女の子だったと仮定して、エミ君は君を男と信じてます。男友達っていいなぁ、君がいてよかったと全開の信頼で微笑まれて、裏切れる!?」

「僕はエミに嘘をつきません」

涙が滲む目尻をコットンで拭き取り、ルカリアは堂々とのたまった。

性転換手術を受ける為、その日のうちに予約します、と。

ユズリハがルカリアにより黙々と化粧を施されている間も、外からは元気な声が響いていた。

気が合うのか、レオハルトと少女はまだがなり合っている。アクアは四本とも磨き上げたナイフを並べ、満足していた。

「アクア様！」

　ついにアクアへ矛先が回ったようだ。あなたに用はないと言わんばかりに突如怒鳴り合いを打ち切られたレオハルトは怒ろうとしていたが、いつの間にか綺麗になっていたナイフに驚愕している。

　そうして、誰に止められることもなくなった少女は、アクアの前で美しい礼をした。

「人工星にいらっしゃるのなら、どうして教えてくださいませんでしたの」

「報告する必要性が存在しません。ミス・ルーネット」

「オリビアとお呼びくださいと、わたくし申し上げました」

「俺は承諾しておりませんので」

　アクアは家の外に控えている車へ、揃えた指先を向けた。

「お帰りください。ここは俺のプライベートです。あなたに立ち入る権利は与えられていません」

　にべもなく言い切られ、オリビアはぐっと唇を噛みしめた。

「わたくしはあなたの婚約者です」

「俺は承認した覚えがありません」

「ジェザリオ代表にお許しいただきました」

「俺の選択にあの男の許可が必要なことは、もうないのですよ、ミス・ルーネット」

　成人した以上、アクアの人生はアクアの意思だけで完結される。親の庇護も許可も必要ない。最初にその権利を放棄したのは父のほうだったと、アクアはユズリハへ語った。

「お帰りください。そしてルーネット家ご当主、あなたのお父上にお伝えください。俺はガーネッシュ家を継ぐ気も、父の仕事を手伝う気もないと。建設的な話は何もできません」

　感情を映さない瞳を向けられたオリビアは、ぐっと喉を鳴らした。普通の子女ならばここで泣き帰るだろう。しかし、オリビアは踏みとどまった。

それは彼女が元来持つ強さとはまた違って見えた。悲しいかな、慣れているかのようだった。常日頃から、アクアは取り付く島もないのかもしれない。

オリビアは背を向けたアクアの腕を取り、無理やり口づけを迫る。軍人である彼は冷静にオリビアの身体を留めた。

痛まない程度に押さえられているであろう腕を、少女は悔しげに見つめている。悔しげに見えるのは、力が入った目元と、噛みしめられた唇のせいだ。

それは、涙を堪えているようにも見えた。滲む涙を予想して水に強い化粧を施してきていたのならば、それはとてもつらいことだろう。

そんな少女にとどめを刺す気でいる自分は、酷く悪辣な人間だなとユズリハは思った。

＊

「アクア、朝食ができたよ。ご飯にしない？　それともシャワーが先？」

心なしかふんわりとした声に振り向いたアクアは、そのまま固まった。

適度に胸を隠した白いカーディガンに水色のワンピースは軽やかで、ユズリハが細い足で歩くにつれて柔らかく揺れる。大きな目が感情を映してぱちりと笑う。派手でなく、元々整っていた造形を助けるだけの化粧は、見事に可憐さを演出していた。

「お…………まえ、何やって！」

更新に失敗しました。再起動します。

そんなメッセージが流れていた端整な顔に、一気に感情が戻った。せっかくの再起動は、キーボードとばかり戯れる細い指に塞がれる。

「お友達も、よかったら朝ご飯一緒に食べていきませんか？」

薄く塗られた淡色の口紅がやけに愛らしい。

「あ、あなた、どなたですの⁉」

「ユズリハです。アクアと一緒に暮らしてます！　さあさあ、アクア！　ご飯にする？　お風呂にする？　それとも」

続く言葉に、アクアの隣でオリビアが息を飲んだ。

「トイレ？」

予想に反して、色気の欠片もなかったが。

＊＊＊

一人で暮らしているアクアであったが、その家にあるテーブルは六人で座ってもまだ席が余る。

余裕のあるテーブルの上へ、ユズリハは一皿ずつ目玉焼きを配った。

「えーと、エミ君がマヨネーズで、ルカ君が醤油、レオ君がソースだったよね？　オリビアさんは

どうします？」

「…………レモンですわ。それよりあなた、アクア様の分が最後とはどういう了見ですの」

「え？　こういうときって身内を最後に出すもんじゃないの？」

オリビアの目玉焼きにレモンを搾ったユズリハは、何もかかっていないように見える目玉焼きを二皿持って席に着いた。

「アクアは塩コショウっと」

「お前はケチャップだったな」

「うん。かけてー」

「何を書いてほしいんだ。というかお前、まだケチャップで遊んでるのか……」

「楽しいじゃない。ユズリハって漢字で書いてー」

「名前だから仕方ないけど、お前いつも画数多いの選ぶよな」

昔とある国で使われていた文字を、先が細いケチャップで見事書ききったアクアに拍手が起こった。

食事が終わり、先程まで鍛錬していた軍人組は装備の手入れに別室へ向かった。

食事の後片付けを名乗り出たユズリハは、それらを見送った後、せっせと作業を続ける。名乗り出たからにはきちんとこなさなければならない。

自分で決めたことは最後まで責任をもって果たす。それは、両親が口を酸っぱくしてユズリハに言ってきた、ミスト家の家訓である。

そうはいっても、片付けの大半は家電がやってしまう。ユズリハはすぐに手持ち無沙汰になった。食器の乾燥が終わるまで待っていると、後ろに人の気配がした。

振り向く前に、髪が掴まれる。

「みぎゃ⁉」

引っ張られたわけではないので痛みはなかったが、まさかそうくるとは思わず。ユズリハは飛び上がって驚いた。飛び上がって驚いたユズリハに、オリビアも大層驚いていた。

「きゃ！　変な声を出さないでください！　……ですが、勝手に触れたわたくしがいけませんわね。申し訳ありません……気になってしまって、つい」

「いや、触るのは別にいいんだけど、特に面白いものではないと思うよ」

触りたいならどうぞと伝えれば、オリビアは今度はおずおずと黄昏色の髪を掬った。

「これは、染めていますの？」

「え？　地毛だよ」

「……これは、アクア様がお好きなお色ですの？」

「うーん？　まあ、特に言われたことはないから、嫌いじゃないんじゃないかなとしか」

光の加減で輝く髪を神妙な様子で見つめていたオリビアは、たっぷりとした自分の巻き毛を掴んだ。丁寧に手入れされていることが分かる、柔らかな髪だった。

「……染めたら少しは好きになってくださるかしら」

「染めるの？　キャラメルみたいで美味しそうなのに」

黄土色より軽い、ふんわりとした髪は美味しそうだ。

オリビアは目を丸くした。そんな顔をすれば、随分幼く見えた。

「泥のようとは言われて参りましたけれど、お菓子に例えて言ってくださったのは二人目ですわ。

もちろん、一人目はアクア様です」

「あ、だからアクアが好きなの？」

ぼんっと音が鳴ったかと思った。全身真っ赤になったオリビアに驚愕したユズリハは、ほんの一瞬瞳を伏せた。だがすぐに、ぱっと笑顔になる。

「なんだ！　本当に好きだったんだ。じゃあ悪いことしちゃったかな。あのね、オリビア。私、実は男なんだ」

突然のカミングアウトに、オリビアはついていけないようだった。まるで先程のアクアのように再起動中となってしまっている。

「……………なんですって？」

「だーかーらー、私、アクアの幼馴染の男の子。つまりは親友ってことで、改めてよろしく。いやぁ、てっきりアクアよりガーネッシュが好きな女の子だと。アクアの周りはそんなのばっかだったからさ。悪いと思いつつ試しちゃって。ごめんごめん。男の熱き友情だと思って許してくれる？」

けらけらと笑うユズリハの頬に、再起動に成功したオリビアの平手が飛んだ。

昨日殴られた頬と反対だったことが救いだなぁと、ユズリハは吹き飛びながらしみじみ頷いた。

＊

「で、そういう場合の攻略方法はだね」

軍人の装備を一般人の前に並べるわけにはいかないと別室で行っていた作業を終えたアクアが見たのは、食器洗浄機の前に座って話し込んでいる二人だった。

どうやらユズリハが中心となって話しているようだ。オリビアは熱心にメモを取っている。

「勉強になりましたわ。今日はこれでお暇致します。その……また会ってくださいます？」

「うん、近いうちに。連絡先教えてよ」

ユズリハが視線を向けた先を追ったオリビアは、アクアが戻ってきたことに気づき、ぱっと頬を染めた。床に座り込んでいたことに気づいたようで、恥ずかしそうに慌てて立ち上がる。

そして真っ直ぐに背筋を伸ばした後、深々と頭を下げた。

「今日は本当に、申し訳ありませんでした。つい気が逸ってしまいました」

オリビアはワンピースの裾を握りしめる。

「あなたの迷惑を顧みない行為だったと反省しております。今後気をつけますので、その……どうか嫌わないでください」

「ミス・ルーネット？」

肌を真っ赤に染め上げて顔を上げたオリビアは、粛々と車へ向かった。そして乗り込む寸前一度だけ振り向き、深く頭を下げた。

現れたときとは打って変わった静かな退場を呆然と見送ったアクアは、テーブルの上で両手に顎を乗せ、窓越しにオリビアを見送った幼馴染を見下ろす。

その格好は何だと問い詰めるつもりだったが、議題は変わった。

「お前、何言った？」

「さあ？　いい子だったから、親友としてちょっと応援を」

勢いをつけて立ち上がり、ユズリハはアクアに飛びつく。ユズリハは子どもの頃からよく飛びついてきたものだ。

だから行為自体に驚きはせず、一歩足をずらしただけで受け止められた。だが、受け止めた柔かい身体にぎょっとする。昔は同じ体格だったのに、随分差が開いてしまっていた。それは軍人として鍛えている以前の問題のようにも思える程である。

支える為に回した腕の中にいる身体は足がついていない。首に齧(かじ)りつくようにしがみついているユズリハの吐息が、直接首にかかってくすぐったい。

「オリビアは本当に君が好きなんだよ。ガーネッシュじゃなくて、君が好きなんだ。泥みたいって言われてた髪を大好きなお菓子に例えてくれたことが、本当に嬉しかったんだって。……ねえ、アクア。あの娘にしなよ。ああいう娘と幸せになりなよ。健気で優しい、いい子だよ。素直だし、真っ赤になって可愛いったら」

「余計な世話だ」

「アクア、私は君に幸せになってほしいんだ。ガーネッシュの名に縛られたくないと言いながら、がんじがらめじゃないか。勝手に幸せになるのが一番縛られてないんだよ。人は一人で生きてはいけないんだ。……ううん、一人で生きてはならないんだ。アクア、お願いだ。幸せになって。一生のお願いだから」

アクアは肩を竦めた。宿題で困るたびに聞いた言葉だ。

「お前の一生は何度あるんだ？」

「宿題の数だけさ！」

しがみつく身体を無理やり離す。華奢な身体は抵抗しなかった。

大人しく床に足をつけたユズリハは、そのまま踊るようにくるりと回って笑う。

「ね、アクア、可愛い？」

「言われて嬉しいのか？」

「うん。誰より、君に言われたら嬉しい」

「じゃあ可愛い可愛い」

心が籠もってないなぁと笑った後、ユズリハは着替えてきた。いつもの格好に戻ってほっとする。

少しだけ勿体ないと思った自分が、アクアは不思議だった。

「そんなに言うなら、お前が付き合えばいいだろう。人のことばかり言ってないで」

何気なく言った言葉に、ユズリハはアクアも知らない顔で笑った。

＊

開いたトランクを見下ろして、ユズリハは目蓋を閉ざす。

丁寧に畳まれたワンピース。お披露目の場に辿り着けなかったミュール。永住するマスカラ。

もう二度と出てこなくていいよ。二度と出番はないから、さようなら。

痛む胸を押さえる。

君もだよ。ずっとずっと抱えてきた、大切な恋心。

ユズリハの、最後の心。

「一緒にしまってしまえたらよかったのにね」

持ち上げた痩せた腕から、袖がずり落ちた。袖口を無理やり指先まで引っ張ったユズリハは、その手でトランクを閉める。

がちゃりと容器が揺れた音がしたが、何の反応も示さず部屋を後にした。

次の日、それぞれの隊長に渡す土産と久しぶりの買い物に出かけた四人に、ユズリハは仕事を理由に付き合わなかった。

四人はその晩にスザクへと戻った。朝一で行く手もあったが、できるなら余裕を持って出勤したい。スザクにもそれぞれ部屋がある。眠るには困らない。

ユズリハはにこにこ笑って、それを見送った。

＊＊＊

教えておいた電話番号が利用されたのは、四日目の真夜中だった。

夜勤だったアクアは、パイロット控え室で待機中にその電話を取った。

周りには誰もいない。同じ隊のメンバーはまだシミュレーションを使ったノルマを達成していなかった。

一発で特Sを叩き出したアクアだけが早々に休憩へと入ったのだ。いつもならば二番目に上がるルカリアも現れない。最近調子が悪いようでよく的を外す。最も彼は、エミリアが達成するまで現れないが。

「ユズリハ？　どうしたんだ」

まだ寝ていなかったのかと嘆息する。いい加減ソファー以外で寝ろと言っても、開かれた画面の背景はリビングのままだ。部屋は薄暗く、青白い光が左下から当たっているということは、ここでパソコンを開いて仕事をしていたことが分かる。

そんな薄暗い部屋の中にいても分かる目の下の隈は、ユズリハが眠っていないことを証明していた。仕事が忙しいのはいいことだが、身体を壊しては意味がない。

『アクア。ねえ、私さ、風邪引いちゃったみたいで、明日病院行こうと思うんだ』

「やっぱり引いたか。今晩こそどこでもいいからベッド使え。埃っぽいなら俺の使っていいから」

ユズリハは白く血の気が引いた顔で、ぺろりと舌を出した。

『注射がさぁ、やなんだよね』

「馬鹿。そんなこと言ってる場合か。まさか、まだ注射が嫌で泣くんじゃないだろうな」

『泣きはしないけど。ねぇアクア、励ましてよ』

ユズリハは、子どもの頃のように照れ笑いしてねだる。

そんな友に苦笑しながらも、頑張れ、僕がついてる、後で一緒におやつを食べよう。そう励ましてきた。どんなに嫌なことでも、ユズリハはアクアと約束したら頑張った。決して破らなかった。

アクアは勇気をくれるといつも言っていた。

「逃げるなよ？　今ちゃんとしてないと後で余計にしんどくなるぞ。ここにはおじさんもおばさんもいないんだし、俺もすぐには帰れない。悪化させる前にちゃんとしてこい」

『そんなの励ましじゃないー！』

べそべそと愚図る様は、子どもの頃のままだ。変わっていない幼馴染の様子に、アクアは溜息をつきながら額に手を当てた。

『アクア、お願いだよ。君が励ましてくれたら私は頑張れるんだ。いつだってそうだ。君は私に勇気をくれるから！　怖がりの私がお化け屋敷に入れるくらい！』

怖いんだろうと馬鹿にされ、証明に一人で入ることになったユズリハに頼まれ、アクアは出口で待機していた。頑張れ、僕はここで待ってるから行っておいで。そう励ました。

ユズリハはちゃんと自分の足で出てきた。アクアを見つけたときの笑顔は忘れられない。

★
✳
★

「ちゃんと頑張れたらプリンを買って帰ってやる。元気になって一緒に食べよう。風邪が治ったら一緒に買い物に行かないか？　お前と遊ぶのも久しぶりだ。俺は楽しみにしてる」

だから、頑張ってこい。

柔らかく押される背中に、ユズリハは涙を堪えた。

うん、頑張る、遅くにごめん。

既に日付が変わって三時間は経っている。それなのにアクアは、仕方がないなと笑って許してくれた。そして、そう言ってくれると、ユズリハは分かっていた。

甘えている。彼の信頼に胡坐をかいて、凭れきっている。

それでもこれは、今のユズリハにとって何より必要なことだった。

縋りそうになる手と言葉を全力で戒めて、へらりと笑う。

『今日オリビアと遊んだんだ。やっぱりいい子だよ。頬を染めて君のどこが好きか語る様は、ほんと女の子だなぁって思うし。そうだ、今度の休み、また後輩君達連れてきてよ。私、双子ちゃんに聞きたいことがあるんだー』

都合がつけばとの返事を貰って映像が切れた途端、ユズリハの身体は床に崩れ落ちた。

携帯電話が音を立てて、もう届かない場所にまで滑っていく。

ユズリハは、がくがくと震える手に握っていた注射器を両手で支える。服を捲り上げた背中はどす黒く変色していた。濃い紫が重なり、とても人の肌とは思えない。

震える手で腹に注射器を突き刺し、躊躇う前に一息で注入した。びくりと跳ねた身体を抱え、荒い息でのたうち回る。

虚ろな視界はまともな情報を伝えてこない。それでもそこに視線を固定すれば、さっきまで見続けていた画面の内容を徐々に把握しはじめる。

ぼんやり光るパソコンのディスプレイには大量の名前が綴られていた。それは、宇宙病に罹った人間のリストだ。

宇宙病とは、人類が宇宙に進出してから発生した病をいう。種類は多岐に渡り、どれも原因は分かっていない。

医療が進み、母親の腹にいる段階で罹りやすい病や障害が分かるようになって久しい今の時代であっても、解明できていないことが多すぎる病であった。

しかし、数年前に一つの宇宙病に特効薬が発見された。宇宙病Ⅶ型の特効薬だ。

Ⅶ型は、生まれてすぐに発症し、緩やかに臓器が止まっていく病だ。どんな薬も治療も意味を為さず、ただ緩やかに死を待つだけの病だった。

大量に綴られた名前の一番上には、Ⅶ型の文字が点滅している。その中に一つの名前を見つけて、ユズリハは固く瞳を閉じた。早くしないと間に合わなくなる。

彼も、自分も、間に合わない。

『お前はどうなんだ。恋人はいないのか？』

いれば一人で人工星を移動したりしないよと笑って返すと、彼はそれで納得したのか苦笑した。

ユズリハは皮膚を食い破って握りしめた腕を、緩慢な動作で更に害す。傷口が爪により抉られていく。獣のような鋭さもない人の爪は、まさしく抉るように傷口を伸ばしていく。

しかし、血が滲んだ爪が生を伝え、安堵する。

ああ、本当は、君となりたかったんだよ。

心の中で、しまい込んだ自分が泣き叫ぶ。

恋人なんて、照れくさくも温かい。そんな新しい関係に、君と変わっていきたかったんだ。

「君が好きだよ、アクア……だから、お願い、幸せになって…………お願いだから」

私以外と幸せになって。

床を這いずり掴んだ携帯電話を胸に抱き込む。切れた電話は何の音も伝えない。

それでも、ユズリハは縋るように額をつける。

「私には、もう、時間がっ…………」

頑張れ。

優しい声に縋りつき、気を失うように眠りについた。

＊ ＊ ＊

オリビアがアクアの家を訪れた回数は、今日でちょうど十回となった。そのうちの四回が門前払い、二回が不在、一回がユズリハに度肝を抜かされた日であり。

残りの三回は、ユズリハに会う為だった。

初めての邂逅を合わせれば四回会った相手だ。三回目から互いにだいぶ勝手が分かってきたこともあり、今では特に用事もなくのんびり茶を嗜む時間となってしまった。初めの頃、必死にアクアの情報を仕入れようとしていた時間とは雲泥の差である。

勿論今でも、アクアの情報がユズリハから転がり落ちれば、オリビアの脳は瞬時に記憶へ刻みつけているのだが。

それでも、ここを訪れる理由が完全に変わってしまっていることに、オリビアはもう気がついていた。

オリビアが持参した茶菓子は、ユズリハが入れた紅茶の供であっという間になくなっていく。

「信じられませんわ。あのアクア様がそんなにお世話焼きさんなんて」

「ほんとほんと。ほっとけば楽なのに、真面目だから関わっちゃうんだよねぇ。そして私は、それを利用するほうです」

「酷いわ！」

「全くだ。本当に酷い奴だ。彼の友情を利用して胡坐をかき、迷惑をかけることしかしてこなかったんだから」

けらけらと笑いながら、ユズリハは自身のコップに紅茶を足していく。大きなポットになみなみと用意された紅茶は、香りも味も、普段オリビアが飲んでいる物とは全く違う。

日によって渋かったり、薄かったり。けれどどうしてだか、ユズリハといれば、それさえも楽しいと思えてしまうのだ。

「オリビア、君は凄いね。アクア、あんなに態度が悪いのに怒らないなんて」

確かに婚約の話が出てからは素っ気なく、愛想どころか取り付く島もなかった。

オリビアは困った顔で笑う。

「婚約など関係のなかった年齢では、誰より優しかったのです。馬鹿にされてきたこの髪を、皆様の前でキャラメル色と仰って褒めてくださった。わたくし、本当に嬉しくて。けれど互いに年齢が上がれば急に冷たくなったのです。それまではオリビアと呼んでくださっていたのよ？ けれど、こういうお話が出始めた頃にミス・ルーネットに変わってしまいましたの。わたくし以外にも、数え切れないほどの打診があったはずですから、うんざりもしていらっしゃったのでしょう。何より、彼は軍に入ることを決めてしまっていました。幸せになる気がないのに、無責任に誰かと人生を共にしたりなさらない方ですから」

「それを分かっててアクアを追っかける？」

美しく感情を乗せる瞳が、静かにオリビアを見つめた。この瞳に映る自分は、せめて正しくありたいと思わせる光がそこにはある。この瞳と向き合い続けた彼を好きになったのだと、オリビアはふと気がついた。

オリビアの好きな人を形作ったのは、きっとこの瞳だったのだ。

「だって、ユズリハ様。わたくし、彼が好きですの。好きな人に幸せを投げ出さないでいただきたいのです。そしてその相手がわたくしでしたら、こんなに嬉しいことはございません」

彼が優しいことを知っている。ルーネットではなくオリビアとして見てくれた初めての人だった。

自身も同じ立場であったからか。いいや、違う。

オリビアだけでなく、誰に対しても家柄で態度を変えたりしなかった。いつだって、個としての人柄だけで判断し、対応してくれた人だったのだ。

オリビアは、はたと動きを止めた。彼の友であるユズリハも、今まで一度だってルーネットの名には触れていない。それどころか、まるでスクールメイトであるかのように接してくれる。

何か温かな塊が喉に詰まったような気がして、オリビアは黙り込んだ。ユズリハは細い指をそっと絡め、そんなオリビアの手を握る。

「アクアを幸せにしてね。あの馬鹿、格好つけて贖罪とかに殉ずるつもりだけど、引っぱたいても噛みついてもいいから止めてね。彼をお願い。幸せにしてあげて。幸せになって。二人で、一緒に。頑固だからなかなか大変だと思うけど、根本的に優しい人だから、本気の君をいつまでも冷たく突き放せない。押して押して押して、ちょっと引いて。籠絡してやれ！」

異性から言われれば不快になってもおかしくない言葉であったというのに、どうしてだかオリビアは思わず笑ってしまった。

「あら、アクア様の幸せを願われるのなら、ユズリハ様もいらっしゃらなくては」

「私は友人だから。友人は友の幸せを願うだけ。オリビア、私には無理なんだよ」

ユズリハは、繋いだ手を自身の元へとそっと引いた。丁寧に整えられ、淡いピンク色で彩ったオリビアの爪を見て、一瞬眩しそうな瞳を浮かべる。

しかしすぐにそんな瞳を伏せ、持ち上げたオリビアの手へ、まるで祈るように額をつけた。

「アクアをよろしくね、オリビア。私は君達の幸せを心から祈る」

見えない表情がこんなにも不安になったことはない。オリビアは、ここにいてくれないアクアを少し恨んだ。

彼ならば、この人の感情を把握できたのだろうか。

目の前にいる〝彼〟は、いつも楽しそうに笑っていた。弾けるような笑みだったり、声を潜め内緒だよと笑ったり。感情をしまい込まず、小さな子どものように素直に表情へと乗せる。

それなのに、時折知らない顔をした。短い付き合いだ。知らない面があること自体は当然だった。だが、オリビアの胸には酷い不安が湧いてくる。それは、オリビアが生きてきた人生の中であっても見たことのない表情を、彼が浮かべるからだった。

＊＊＊

その日の戦場は混沌としていた。

敵はレーダーに突如として現れるが、それらの多くが既に動きを止めていた。出現するだけで動きのない敵に、誰もが首を傾げる。少し待てば動き出すものの、当然そこまで待ってやる義理もない。敵機は態勢を整える暇もなく、瞬く間に撃墜されていった。

しかし数が多い。この宙域のどこに潜んでいたのか、倒しても倒しても切りがない。次から次へと現れては奇妙な動きをする敵機を、第五人工星を守る軍人達はいつ終わるとも知れず撃墜しつづけるより他なかった。

いつもの惰性のような戦場とは違う。だが、切羽詰まるほどの危機感があるわけでもない。いつもならば、部隊が帰ってくる後方の格納庫内は然程の慌ただしさを見せなかった。戦場において彼らが忙しくなるのは、出陣と帰還時だ。

だが今日は、壊れた機体も負傷したパイロットもいない格納庫内が騒然としていた。

出陣していた部隊が、数機の敵機捕獲に成功したからだ。

待機していた操縦席から半分身を乗り出し、格納庫内の状況を確認していたアクアは、そちらに充分な人手が割かれていることを確認する。

増援は必要ないと判断した後、今度は隣の機体へ視線を向けた。

「嫌だ！」

上がった大声に、周囲はいつものことだと呆れもしない。ここではよく見る光景なのだ。

「エミリアと行く！」

隣の機体では、ルカリアがエミリアにしがみついていた。全身を使ってしがみついている弟を、エミリアが優しく諭している。

「駄目だよ。お前、具合が悪いんだろう？　それに、隊長が出るなと言ったんだ。ルカ、命令は絶対だ。それに、今のお前はどこか危なっかしい。いつものお前じゃないよ」

「嫌だ、嫌だ嫌だ！　エミリアと行く。置いていかないで、エミリア！」

幼い子どものように大声で駄々を捏ね、ルカリアはエミリアに抱きついている。柔らかい癖毛を振り回した顔は、まるでこの手を離せば生命が維持できないと言わんばかりに鬼気迫っていた。

「駄目だって言ってるだろ！　今のお前が戦闘に出たら死んでしまうじゃないか！」

「君がいなくたって僕は死ぬ！」

「そんなことで死んでいたら、この先どうするつもりだよ！　僕は一生お前の傍にいられないかもしれないんだぞ！　人はいつか死ぬ！　僕がお前より先に死ぬ可能性もあるんだ！」

「だったら僕も死ぬまでだ！　君がいない世界に、僕が生きる意味があるわけない！」

乾いた音が響く。とうとう人々の視線が集まった先で、エミリアは顔を真っ赤にして震えている。打たれた頬を押さえているのはルカリアなのに、打ったエミリアが酷く傷ついた顔をしていた。

「そこまでだ」

ホムラは機体から飛び降り、二人の間に降り立った。

「最初から俺が言えばよかったな。ルカリア、今のお前を戦場には出せない。分かるか。感情面だけじゃない、技術面も大幅に乱れてる。お前がミスをすれば隊が危機に陥る。お前は自分のミスでエミリアを殺す気か」

びくりとルカリアの肩が震えた。

「エミリアはさっさと気持ちを切り替えて機体に戻れ。俺は伝えろとは言ったが、喧嘩しろとは言ってない。手を出したら軍規違反だ、後で反省文」

エミリアは小さく頷き、床を蹴って機体へと戻る。ホムラはやれやれと肩を竦め、俯いたルカリアの腕を取って機体から離れていく。その過程で、顎でアクアを呼んだ。

「お前も残ってくれ。これを一人で置いとくと危ない気がする。この調子だと、俺達は待機で終わりそうだから人手は心配するな。……何で自分がって顔だな。お前が適任だと思ったんだよ。頼んだぞ」

周囲の人々から見ればただの無表情にしか見えないアクアの肩をすれ違い様に叩き、ホムラは自身の機体へ戻っていった。主のいなくなったアクアの機体は吊り上げられ、後方にずらされていく。

手持ち無沙汰になったアクアは、外したヘルメットを片手にルカリアの隣に並ぶ。

「……言いたいことあるなら言えばいいじゃないっすか」

格納されていく機体を見上げていたアクアは、嘆息してルカリアに視線を向けた。

「泣きたいなら泣いておけ」

「なっ……！」

「それで立ち直りが早くなるのなら有効だ。効率的な手段は推奨されるべきだ」

本気で言い切ったアクアにきょとんとしたルカリアは、次の瞬間その背中に翻りついた。飛びつかれ慣れているアクアではあったが、さすがに宇宙空間では踏ん張れなかった。

二人の身体は、ルカリアが飛びついた勢いで格納庫を流れていく。本人らに拘束の意図はなくとも、しがみつかれているが為に動きが制限される感覚に、アクアはユズリハを思い出していた。

散々暴れ回り、甘え倒した親友は、あれでいてそうする相手をきっちり選んでいた。

ルカリアも人を選ぶ。人を選んで触れたがる。エミリアがいればべったり離れず、彼がいなければアクアに引っ付く。かと思えば癇癪を起こして怒ったり、次の瞬間笑ったり、飄々と悪戯をしたりもする。

　ユズリハとルカリアはどこか似ている。だからこそ、アクアも振り払えず好きにさせ続けてしまった。

　アクアにとって幸せだったと言い切れる時代の象徴がユズリハなのだ。どうしたってユズリハには甘くなってしまう。

「……人間って、難儀な生き物ですよね」

　ぐりぐりと背中に額を擦りつけてくるルカリアを、振り払おうとは思えない。その幼い行動が、遠い昔の温かな記憶を思い出させるからだ。

「生物はただ生きるだけです。そこに意味なんてない。生まれてきたから生き、そして死ぬ。ただそれだけのことなのに、人はそこに意味を見出そうとする」

　生まれたから生きる。生きたから死ぬ。そこに意味など必要ない。生き物が持って生まれた唯一にして絶対の権利だ。

　そこに意味を見出そうとするから、人は惑うのだ。自身の生に値段をつけるのは他人だけだ。そうして己に価値をつけようとした瞬間から、地獄が背後に控えるようになる。一歩踏み外せば真っ逆さまに落ちていく地獄は、自ら崩した足場によって顎(あぎと)を開くのだ。

　それでも、意味が欲しい。生まれた意味が、生きる理由が。

　アクアでさえも、そう思う。全ての人間からの肯定など必要ない。欲しいのは近しい人からの肯定であり、親しい人への肯定だ。

ふと、背にしがみついている身体が震えていることに気がついた。首に触れる吐息も荒い。

「お前、本当に大丈夫か？　一旦医務室に行くぞ」

背中を振り返り様子を確認しようとしたが、肩に顔を埋めたルカリアによってそれは叶わなかった。強くしがみついたルカリアから、歯を食いしばる音がした。

「先輩、言わないで……エミリアには言わないで。僕にはもう時間がないんです」

「ルカリア……？」

「……医務室には、行きたくない。そんなことしたら、僕はもう軍にいられなくなる……エミといたい。最後までエミリアといたいんです。だからお願いします。訓練だって頑張るし、ちゃんと戦績を残すから……」

アクアはどこか緩慢な思考で、悲痛な懇願を聞いていた。

自分の後輩が病に侵されていたなんて気がつかなかった。否、エミリアも知らないのだろう。

ゆっくりと、思考と同じほど緩慢な動きで感情が動きはじめる。こんな風に感情に制限がかかりはじめたのはいつからか、分かりきったことだった。

こんな風にしか感情を動かせなくなっていたアクアに怒声を上げさせたユズリハに、いま、会いたい。

死は身近であった。けれどいつまでたっても慣れない。他者の死ほどつらいものはない。だというのに、軍人として死ぬつもりの自分はつくづく酷い奴だと思う。

ユズリハが泣くと分かっているのに、アクアは最も死が色濃い場所に自ら居続けるのだ。

「……ルカリア、俺は軍人だ。戦闘できない者を軍には置いてはおけない」

背が軽くなる。エミリアと同じ色の髪を流しながら床に足をつけた後輩は、いつもの笑みを浮かべた。彼の兄は決して浮かべない、彼だけの笑みだ。

「それが僕の為だと思ってもそう言わない先輩が好きですよ。そんな先輩だから、僕は安心して傍にいられる。エミリアには自分で言います。だから、それまでは見逃してください。そう、長い時はかかりませんから」

泣き出す寸前の幼子のような、老衰した年寄りが浮かべる諦めのような表情を浮かべたルカリアに、かける言葉が思い浮かばない。

こんなとき、ユズリハなら光のような言葉をかけられるだろうに。

そう思った瞬間、急に格納庫が騒がしくなった。捕獲した敵機のハッチが開いたのだ。こじ開けることに成功したらしい。

しかしすぐに、慌ただしい怒声が悲鳴に変わった。

銃であれ拳であれ、反射で構えるのは軍人の性だ。アクアとルカリアも弾かれたように身構えた。

しかし、敵機を取り囲む仲間達のそれが危険ゆえのものではなかったと気づくのは、すぐだった。

動揺により包囲が緩み、それは見えた。

操縦席にいたパイロットは、人の形をしていなかった。

その身体は強力な圧力を加えられたかのように捻じ曲がり、臓器が外へと飛び出している。死体に慣れた屈強な軍人が吐いてしまう代物に成り果てた敵兵に、アクアも眉を顰める。

突如、背中を強い力で叩かれた。踏ん張りきれず吹き飛びそうになった身体を、ルカリアが全力で止めた。高く響いた音で全員がアクアを見たが、叩いた相手を見て納得した。

「えぐいぜ、ガキが見るもんじゃねぇぞ」

「……ボストック隊長、非常に、痛いのですが」

「鍛え方が足りねぇんだよ。細っこくて娘っこみてぇじゃないか！」

豪快に笑うのは第一部隊隊長ゴルトア・ボストックだ。一般人が想像する軍人がそのまま形になったかのような男だ。ホムラ、ヒノエの元隊長でもある。

「敵さんもどういうこったなぁ。中身が死んでりゃ意味もねぇだろうに。発見から起動までのタイムラグは自動操縦切り替えか。つーかあいつら誰にやられたんだ？」

異形に成り果てた無残な死体。人間業には思えなかった。言うなれば、制御装置が外れた戦闘機の中で重力に押し潰されたかのような。

次から次へとこじ開けられた敵機の中身は、どれも似たような状態だ。かろうじて残る人だった部位を見ていたアクアは、あることに気づいた瞬間、ぞっと背を凍らせた。

「……隊長、敵兵の顔が同じです。全て、ここから確認できている敵兵の顔が」

ゴルトアは即座に他の人間を押しのけ、最前線で肉塊をまじまじと見つめる。そうしておもむろに残った頭部を掻き集め、並べはじめた。

奇異な行動を止めにかかっていた隊員達も、数が並ぶにつれて異常に気づいた。

同じ輪郭、同じ眼球、同じ歯並び。全く同じ顔が、捻じ曲がって死んでいる。肘にある黒子まで寸分たがわぬ様に、誰かが吐いた。

「一人生きてるぞ！」

叫び声に人々が視線を向けたときには既に遅かった。

青いパイロットスーツに身を包んだ男は、高く飛び上がり上空から銃を乱射する。舌打ちしたゴルトアが二人を庇う。

アクアとルカリアはその身体の隙間から銃を撃った。弾は敵兵のヘルメットと腕に当たり、銃が弾け飛ぶ。

吹き飛んだヘルメットの下からオレンジ色の髪が見えた。次いでその顔が現れる。二十歳前後の青年は痛みを感じないのか、血を撒き散らしながら鼻を動かす。

「博士の痕跡発見。追跡を開始します」

人工音声のような抑揚で、青年は真っ直ぐにアクア目掛けて飛び降りた。

防弾チョッキと筋肉の壁で負傷を免れたゴルトアは、アクアとルカリアを両腕で抱えたまま振り回した。

「こいつは犬か？　おいアクア、知り合いかぁ？」

「まさか」

「ですよね」

振り回された勢いそのままに手は離され、宙に放り出された二人はすぐに体勢を整える。

ルカリアはくるりと身体を捻り、青年の背後を取る。常人であれば床に捻り倒される動きに、青年はついてきた。長い足でルカリアを蹴り飛ばす。アクアは照準を敵兵に向けたまま、動きを追う。

素早い動きで避けたルカリアは、相手の懐に飛び込んで銃を突きつけた。

「動くな」

身長が足らずとも、動きはルカリアが早かった。しかし、青年は両手を上げようともしない。

「検証。不一致。検証。不一致。検証。不一致」

青年の口から言葉が垂れ流されている。その目は異様な速さで動き続けていた。

「何を……」

人には見えない動きにぞっとする。青年はぐるりと首を動かし、アクアを向いた。その鼻が、再びひくりと動く。

「ユズリハ・ミスト博士の痕跡確認。貴様が一番強い」

ここで耳にするはずのない名に、アクアは動揺した。顔に出さなかったのは、感情が追いつかなかっただけだ。

青年がアクアへと伸ばした手をルカリアが撃ち抜く。だがやはり痛みを感じる様子はなく、伸ばされる手は止まりもしない。

「お前、一体何だ！　先輩に近寄るな！」

青年は振り向かなかった。歪に歪んだ口元が、抑揚なく声を発する。

「貴様と同じだ、紛い物」

銃弾は青年の頭部を貫き、アクアの目の前で青年の手は落ち、二度と動かなかった。

「ルカリア！」

青年の向こうでルカリアの身体が頽れる。死体を跳び越え抱えたルカリアは血の気をなくし、虚ろな目が何かを求めて彷徨っている。

外傷はない。なのに、全身が酷く震えていた。

「やられたのか⁉」

「外傷はありません。ルカリア！」

視界に浮かぶ己の朝焼け色の髪を掴み、ルカリアは幼子が泣き出す寸前の顔をした。

「エミリア――……」

それは迷子の子どもが発するような、酷く心許ない声だった。

そうしてルカリアは、縋るように己の髪を掴んだまま、意識を失った。


円卓に囲まれ、アクアは一人立っていた。両手を後ろで組み、背を伸ばす。

背後まで回る円卓は、査問にかける相手を追いつめる為だけの物だ。精神攻撃のつもりならふざけている。

アクアは内心で吐き捨てた。こんなことで怯むほど、失ったものは小さくない。

こんなものが脅しになると思っているのならば、軍の上層部はアクアが思っていた以上に愚かな老人だらけなのだろう。

「では、ユズリハ・ミスト博士と会ってはいない、と」

「確かにユズリハ・ミストとは幼年期に知人としての付き合いがありました。ですが、幼い頃別れたきり、連絡もありません。お調べになった通り、どのシャトルにも名と姿がなかったと聞きました。私の元に現れるはずもありません」

ユズリハの両親は研究者だ。主に人体について研究していた。その業界では有名な夫婦だったらしい。

アクアにとってはただユズリハの両親で、母の友人で、自分にも分け隔てなく優しい仲のよいご夫婦だった。

続く尋問を嘘と真実を交えた答えで流しながら、アクアは今度こそ自分の意思で感情と思考を表に出さぬよう意識した。

ユズリハが研究者になったなど聞いていない。あれだけ数学も科学も物理も生物も化学も嫌いな彼が、博士。

それらが必要なプログラマーとしての才には恵まれていたから、本来の意味での不得手ではなかったものの、大の勉強嫌いだったユズリハが、博士。

盛大なドッキリだと言われたほうがまだましだ。

「敵兵の言葉を格納庫中の者が聞いていたぞ」

「妙な進軍だったことを鑑みるに奴らの錯乱か、我々を惑わす為の嘘偽りでしょう」

「虚偽であるとの証拠は？」

「私の家もお調べになったとのことですが、何かありましたか？」

上層部の象徴ともいえる男達が、一様に渋い顔をした。

あるはずがない。ユズリハは既に行方を晦ましていたし、彼ならヘルプのデータ改竄も容易い。多めの食料は休日に後輩を招いたと説明がつく。彼はソファーで生活していたから、寝室の痕跡もない。荷物は元々トランク一つ。着替えもアクアの物を使っていた。これも後輩に貸したと言えばいい。

どこのカメラにも映らず、髪の毛一つ残さず消えたユズリハを追えるものはいないだろう。隠れんぼはユズリハの得意技だ。そしてアクアの得意技は、ユズリハを見つけることだった。

「親しかったと聞くが？」

「幼い頃の話です。あの磁場嵐が発生して以来、連絡もつけられませんでした。そのうちにアドレスも変えてしまいました。今更再会したところで、お互い顔も分からないでしょう」

重圧を与える為、重々しく紡がれる尋問にもアクアは慣れていた。質は違えど、ガーネッシュの嫡男を見定めようとする視線とよく似ていた。

「神の卵について聞いたことは？」

「ありません。どういった代物なのですか」

「お前には関係のないことだ。では、両親が死んだ後、ユズリハ・ミストがどうしていたのかは全く知らないということか？」

　ここで初めて、アクアは動揺を見せた。

「夫妻が、亡くなった？」

　男が意外そうに眉を上げる。

「おや、知らなかったのかね？」

「そんな……何故！　お二人とも⁉」

「詳しい話は私も知らぬ。少なくとも数年は前の話だそうだ。その様子なら本当に知らなかったようだな」

　間違いを望むは叶わない。

　アクアに泣けと迫った顔を思い出す。あんな顔をして吐き出された言葉は、同じ痛みを知るからだったのだ。

　ああ、ユズリハ、どんな気持ちであの言葉を叩きつけた。泣き虫だった彼が泣かなかったはずがない。アクアは呻くような祈りを飲み込んだ。

　ああ、誰か傍にいてくれていたらいい。甘ったれで弱虫のくせに、強情っぱりで頑固な彼が誰にも弱さを見せず、大丈夫だと一人で傷を抱えたりしていなければいいが。

「ユズリハは、どうしていたのですか？」

「詳しくは知らんと言うたであろう。攫われたとも自ら行方を晦ましたともあるな。行方知れずということであったが、見目麗しい娘だったと聞くからに、どこぞの貴族にでも囲われていたのであろうな。金があれば研究も続けられる。美しく聡明な身寄りのない少女だ。囲う貴族はどこにでもおろうて」

アクアは今度こそ卒倒しそうになった。

「…………は？」

全ての疑問と混乱が詰まった一言を受けた男達は、今のどこに呆然とする要素があったのだと首を傾げた。


査問を終えた後、気がつけば目的地である医務室に着いていた。無意識とは凄いものだと感動する余裕は、今のアクアには存在しない。そも、そんな余裕があるのであれば、無意識に医務室へ到達したりはしないのだ。

よろめくように入った医務室には、ホムラとヒノエ、エミリアとレオハルト。そして青白い顔をしたルカリアがベッドで眠っていた。

アクアが入ると同時に、ホムラがよぅと片手を上げる。

「医師は〝急な腹痛に襲われて〟しばらく喫煙ルームから戻ってこられない。カメラは〝局地的磁場嵐〟に見舞われて、しばらく一時間前の部屋の様子を映してる。アクア、座れ」

末席に腰を下ろし、アクアは一つ息を吐いて切り替えた。何時までも散らかった頭のままではいられない。

アクアの着席を待って、ホムラは改めて口を開いた。

「結論から言おう。ルカリアは死にかけている。体中に死斑があった。最近は身体がうまく動かなかったはずだ。寧ろ、この状態であれだけできたのは意地だろう。エミリア説明してくれ。これは一体どういうことなんだ」

動かない弟の手に額をつけたエミリアも動かない。しかし、やがて緩慢な動作で顔を上げる。そこからは表情が削げ落ち、窶(やつ)れ果てた老人を思い起こさせるほどの重苦しい絶望が張りついていた。

一時でも手を離せば弟が死んでしまうと思っているのか、手は握りしめられたままだ。

「……全て他言無用であり、破られる場合は僕が貴方々の命を奪うと了承していただけますか」

「無論だ」

ホムラの返答に、ようやくその瞳がルカリア以外を捉えた。

「事の始まりは、僕が生まれたときまで遡ります。僕は宇宙病Ⅶ型でした。母はもう子どもを望めなかった。生殖機能における移植は違法のクローンでも成功していない。唯一の跡取りをなくすまいと、両親は必死でした。民間療法から新興宗教に至るまで、縋れるものは全て試した。それでも結果は変わらない。僕は幼少期、ほとんど公の場に出ることなく過ごしました」

「待ってください。唯一なのは何故です。ルカリアに相続権はなかったのですか？」

ヒノエの問いに、エミリアはゆるりと首を振る。

「ルカリアには、ユーラ家に関する一切の権限がありません。僕が死んだ場合、当主を継ぐのは叔父となります」

叔父夫婦に子どもはいないが、そうなれば親類から養子を取る。そこまで徹底的に、ルカリアはユーラ家に関する権利がなかった。

「極秘となるのはここからです。僕は十になるまで一人でした。……僕に兄弟はいなかったんです。勿論、双子の弟も存在しなかった」

ユーラ家は医療界の一大勢力だ。その子どもが双子となればもっと話題になったはずだ。だというのに、話題となったのは軍へ入隊するにあたりアカデミーに所属したときが初めてだった。それまで、そんな噂は一切耳にしなかった。それは何故か。

本当は、双子など存在しなかったからだ。

「……皆さんは神の卵というものをご存知ですか？」

「噂程度ですが、人体の数値化に成功した機械だと」

ヒノエの言葉に、エミリアはぐしゃりと、潰れた笑みのなり損ないを浮かべ。

「ルカリアは、僕のコピーです」

疲れ切った老人のような声で言った。


音を立てて椅子を蹴倒し、レオハルトは立ち上がった。静かな瞳でそれを見たエミリアは、乱れた髪を耳にかける。

左耳の下には黒子があった。ルカリアと同じ場所にある黒子。正確には、エミリアと同じ位置に、ルカリアもあるのだ。

黒子の位置まで細密に再現された左右対称は、偶然の一致ではあり得ない。

「培養されたクローンではありません。僕を数値化して作った、完全なる僕のコピーです。コピーといってもいじじれる部分はいじり、僕より余程優秀な肉体で……信じられますか？　ルカはまだ五歳なんです。幼い言動は仕方がないんです。本当なら、まだ子どもで、いっぱい甘えて愛されなければならない年齢なんです」

エミリアは疲れ切った声で話しているとは思えないほど柔らかな手つきで、ルカリアの頭を撫でる。頬に触れ、髪を梳き、それはまるで親が幼子をあやしているかのようだ。

「……クローンでは間に合わなかった。僕の病は進行していて、十まで生きられないと言われていた。焦った両親は、ついに悪魔の領域にまで手を出した。医療器械の研究が盛んだった第八人工星から博士と教授を連れて……いいえ、攫ってきたんです。彼らが作り上げた機械と共に」

「まさか……それが、ミスト夫妻か」

「その通りです。夫マバーチェ博士は宇宙病の、妻ユアラ教授は臓器移植の第一人者だった。臓器を数値化してそれだけを作ることができれば、患者の生存率は跳ね上がる。元が自分だから拒絶反応もない。何よりドナーを探す必要もなく、誰も傷つかない。順番も待たなくていい。陰で横行する、憐れなクローンを殺して臓器を奪い取る悪行だって必要がなくなる」

淡々と、抑揚なく喋り続けていたエミリアは、声を詰まらせた。

「……本当は、善良なる救いの機器だった！　優しい夫妻が優しい気持ちで作り上げた、純粋な医療機器だったんです！　…………でも、僕の病気は進行しすぎていた。どんな外法を用いても、クローンができるまでに三年。それさえ待てないほど蝕まれていた……残り二年が限界でした。それでさえ生きたと言われるほうで、僕の病は全身に渡っていた。もう、健康な身体へ脳を移植するしか手がなかった」

　全身の機能が少しずつ動きを止めていく。何の不備も見られないのに働かない。緩やかな死を、エミリアはただ待っていた。両親から嘆きと罵倒を受けながら、確実に訪れる死を、確かな諦めと共に。

「クローンは元々寿命が短い。奇跡的に脳の移植に成功しても、先は見えていました。焦った両親はミスト夫妻と神の卵を奪った。二人は抗ったそうです。抗って抗って……まず殺されたのは、教授でした。次は第八人工星に残った娘だと脅され、博士はルカリアを作り上げました。決して次がないように、彼の娘が組み上げた複雑なロックをかけて。案の定次をと望まれた博士は、今度は頷かなかった。彼もまた、殺されました。残された娘さんがどうなったか、僕には分かりません。ただ、博士が殺された次の日、宇宙病の新薬が発表されました。僕の病、Ⅶ型の治療薬です。そこに彼らの娘が協力していたと、風の噂で聞きました。彼女の本業はプログラマーです。専門外で偉業を成し遂げ、そうまでして助けたかった夫妻は既に亡い。僕の両親は……いいえ、僕は、許されない罪を犯したんです」

　項垂れたエミリアの腕を、ルカリアは掴んだ。弱々しい力の持ち主に、エミリアははっとし、すぐに視線を向けた。ルカリアにとってそれがどれだけ嬉しかったか、その瞳を見れば分かった。

「エミは、何も知らなかったんだ。治療薬が完成したことで不要となった僕を生かす為に、命を絶とうとすらした………駄目だよ、エミ。僕の中には君に渡すはずだった物が入っている。けれど君は、僕のせいで何一つ失ってはいけないんだ。軍人なんて、なってはいけなかったんだ」

「馬鹿を言え！　誰がなんと言おうが、お前がどう思おうが、お前は僕の弟だ！　そして僕は兄だ！

……ルカ、二人でどこか静かな場所で暮らそう？　二人で、一緒に。どこがいい？　お前は海が好きだから、どこか水場の近い、湖や川沿いがいいよね。人工星にも海があったらよかったんだけど……でも、海の本をもっとたくさん買って、映像も揃えよう。ねえ、ルカ」

指を絡めて微笑む兄に嬉しそうに笑って、ルカリアは首を振った。

「ごめん、エミリア。僕はここが好きなんだ。ユーラ夫妻は僕をここに捻じ込んだけど、エミは死に物狂いで勉強して、学校なんて通ったことなかったのに卒業して、一緒にアカデミーに入ってくれた。ここでたくさんの人間を見たよ。たくさんの人間が、君がくれたこの名を呼んだ。泣かないで、エミリア。僕は幸せなんだ。ここしか僕は知らない。けれど、それでいいんだ。ここが僕の世界だ。ここから始まってここで終わる。でも、ここには君がいる。君も先輩も隊長も、うるさいけどレオも。ここにしかない僕の世界はこんなにも彩られて、美しいだろう？　幸せじゃないか。こんなにも鮮やかな人生が他にあるのだろうか」

「馬鹿っ、馬鹿を、言うな。もっとたくさんあるんだ。お前は皆に愛されて、もっともっと笑って、楽しくて、もっと、もっといっぱいっ……」

自分の上で泣きはじめた兄の肩を抱いて、ルカリアは穏やかに笑った。死斑は指先にまで及んでいる。もう長くない。そう思ってから意外と保(も)った。

充分だ。充分すぎる人生だった。

どす黒く重なった紫色の染み。生者に死斑は現れない。死斑を浮かばせて生きていられる命……否、生きているのに死んでいる命など、自分と同じく紛い物の身体を持った者だけだろう。

死斑の浮いた指の隙間から見える人々の顔に、ルカリアは人を食った笑みを浮かべる。

「泣くなよ、レオ。お前がしおらしいと気持ち悪い」

「ばか、ばかやろうっ……！　お前こそなんで、そんな、悟ったみたいな顔してんじゃねぇよ！」

「お前が泣くなんて思わなかった。お前としてたあれは喧嘩ってやつなんだろう？　喧嘩は仲が悪い奴がやるんだろう？　だから、泣くなんて思わなかった。面白いな、人って」

「ばかやろう！　喧嘩するほど仲がいいって諺(ことわざ)も知らねぇのかよ！」

「お前に教えられたら、僕はお終いだ」

「こんなときまで減らず口……ばかやろう……」

最後は嗚咽で掻き消された。崩れ落ちた身体を、ヒノエが支える。

それまで黙っていたホムラが口を開く。

「……助かる方法はないのか？」

「ありません。博士は元々、長く生きるよう設定しませんでしたから。ユーラ夫妻は必要のなくなったエミリアのストックの廃棄を申し立てたけれど、完成した僕を博士は生かした。酷い矛盾だ」

「万に一つも、か？」

あれば縋ってやる。ホムラはそう言っているのだ。ルカリアは嬉しそうに笑った。

愛されることが極端に少なかった幼子は、今、一生分の愛を受けているのだ。だから笑って、不可能な夢物語を語れるのだ。


「ミスト夫妻の娘がいればもしかするかもしれません。でも元より行方知れずですし。そもそもできるかどうかも分かりません。研究は主に夫妻が行っていたようで、彼女自身は協力していたものの医療は専門外だったと聞きました」

「アクア！」

突然びりりと響いたホムラの怒声に、反射的に部下達は姿勢を正した。アクア以外は。

アクアは、閉じていた目蓋をゆっくりと開いた。

「お前、どうして査問に呼ばれた」

「ご想像の通りです」

「連絡は」

「取れます。ですが、俺には監視がつくかもしれません」

「こっちで何とかする。分かってると思うが悟られるなよ。お前のことだから大丈夫だと思うが。そこの端末使え。ここの医者、昔やんちゃで、セキュリティは軍より固いからな。やっぱり持つべきものは、こういうとき一緒にやんちゃしてくれる昔なじみだよなぁ」

からりと笑ったホムラに頷き、アクアはすぐにパソコンに向かった。

「おい、アクア…………先輩！」

「嫌なら無理に呼ぶ必要はない」

「うるせぇっ…………何やってんだよ。連絡って、誰に？」

レオハルトの問いに答えるより早く、軽い音が室内に響いた。アクアが送ったメールの返信が届いたのだ。返答が早い。向こうも待っていたと分かる。

本来ならば一筋の希望であるその音に、アクアはぐったりと頭を抱える。

「……ああ、そうだ。レオハルト。お前も謝る言葉考えておけ」

「はあ⁉」

「…………落ち込んでるんだ。あまり言及してくれるな」


ユズリハが潜んでいたのは、意外にも一軒家だった。アクアが住んでいる区画からは離れているものの、俗にいう高級住宅街に部類される場所だ。

しかしこの区画は、土地の確保を重視した為に立地が不便で、次第に住人達が転居していって寂れたのだ。今では、庶民には手が出せず、貴族には安っぽい。そんな区画となってしまった。

近々大がかりな買収計画が立ち上がっているという噂もあり、それが進めばこの辺りの雰囲気は一新されるかもしれない。だが今は、人通りも少ない寂れた一角だ。

人が溢れ常に土地の面積が足りないと嘆かれる人工星内で、ある意味最も贅沢な空間の使い方がされている区画の大通りから二本外れたそこを、ユズリハは寝床として決めたようだった。

使われていない家なので、電気も水道も止まった状態だ。外から見れば人がいるとは思われない。当然、ここに至るまでの監視カメラなどには注意している。ユズリハは恐らく、器用に全ての記録を消しているだろう。

アクア達は事前にメールで交わした約束通り家の裏手に回り、チャイムではなく扉を叩くという原始的な手段で来訪を知らせた。

＊

取り決め通りの方法で裏戸が鳴ると、ユズリハはすぐに扉を開いた。ここに至るまでの経路全ての確認はしておらずとも、要所要所で監視カメラを覗けばアクア達の移動は把握できたからだ。

だが、扉を開けた先で地面に土下座している二名には、しっかり度肝を抜かれた。

固まったユズリハの前で、土下座するアクアとレオハルト。それを見守る他四名。いくら人通りが少ない区画とはいえ、そんなところに大人数が押しかけた上にこの状況では嫌でも目立つ。

そう判断した隊長二名は、人目につく前にさっさと土下座二人を摘まみ上げ、家の中に放り込んだ。

扉が閉まった後、二人は再度土下座する。

呆然としていたユズリハは、再度土下座に移行したアクアを見てようやく再稼働した。

「ちょっと、何⁉　アクア⁉　君までどうしたの⁉」

「悪かった！」

「何が⁉」

ホムラにおぶわれたルカリアがからから笑いながら説明する。事情を把握した瞬間、ユズリハはアクアの胸倉を掴み、引きずり上げた。

「私がそれでいいんだからいいんだよ！　君は何一つ変わらなくていいんだ！　私は君と喧嘩したいんだから。遠慮されるなんて真っ平ごめんだ！」

「そんなわけにいくか！」

「いくんだよ！　大体、今更態度変えられたら、それこそ傷つくからな⁉」

鼻を突きつけ合って荒い息を吐く二人の横で、レオハルトは途方に暮れていた。

「あの、顔殴ってほんとすみませんでした……って、聞いてねぇだろあんたら！」

「先にお邪魔していましょうか。ここで騒ぐのも何ですし。暗くなれば明りをつけられないこの家では不便です。明るいうちに話を済ませましょう」

未だ体勢を変えない二人を置いて、レオハルトを連れたヒノエはさっさと奥へと進んでいく。残る面々も、一応家主に一言ずつ声をかけ、ひとまずそれに続いた。

残されたユズリハとアクアの間に沈黙が落ちる。

「…………とりあえずさ、後にしない？」

「……まあ、そうだな」

今はそれどころではないことは確かなので、アクアは引き下がってくれた。ちなみにユズリハはこのままなあなあにする為、誤魔化し倒すつもりである。

アクアと共に先程まで自分がいた部屋へと戻ったユズリハは、人口密度が急に高くなった部屋の中をなんとなく見回した。人数が増えれば、一人で使っていたときとは別の部屋に見えてくるから不思議だ。

がらんと広い部屋には、トランクとバッテリーに繋がったパソコン、あとはペットボトルが転がっているだけだった。家具などは一切設置されていない。当然といえば当然だ。誰も住んでいない空家を選んだのだから。

水と電気は、ちょっとシステムに侵入してこっそり繋げておいた。自動化されたシステムは便利だ。しかしこういう使い方もされるので、やはり人の目での確認は必要だとも思ったのは皮肉なものである。

便利なものは、悪意ある人間が得をしやすくなることもまた事実なのである。何せ悪人は、倫理や道徳を介さない。制限のない人間が使ったほうが、どんな道具もシステムも得をするのは当然だ。だからこそ、それを許してはならないのだ。それを許しては文明が崩壊する。

そうして人間の生態系すらも瓦解するだろう。

昼間なのに薄暗い部屋の中、一番明るいものは、ディスプレイが放っている青白い光だ。

家の中は全体的に薄暗い。窓は小さな庭をぐるりと囲む高い壁に阻まれ、外からの明かりがほとんど入らないのだ。そのせいで、閉塞的な地下や宇宙空間にいるような気持ちにもなってくる。

「簡潔に聞く。俺の部下を助けられるか」

「是か否かで答えるなら、是です」

ルカリアをそっと下ろしたホムラは、そのままどっかりと座り込んだ。弟を支えながら、エミリアも座る。ヒノエは立ったまま壁に背を預け、その隣に所在なげなレオハルトが並ぶ。

ユズリハはそれらを横目に真っ直ぐ向かったトランクを開き、中から注射器を取り出した。

「状況を整えられるなら、と、条件がつきますが。ルカリア、痛むから耐えて。誰か、何か噛むものを準備して。手も握ってあげたほうがいい」

「それは？」

「細胞活性剤。一時的に寿命を延ばすけど、強引な延命措置だから苦痛が酷い。ルカリア、舌を噛み切るなよ。冗談抜きで内側から焼かれる痛みを味わう。悪いけど、三本いく」

一般的な治療では目にすることのない大きな針に、レオハルトは自分が打たれるわけでもないのにごくりと息を飲んだ。反射的に逃げたルカリアの身体を、ホムラが押さえ込む。

その上に馬乗りとなり、ユズリハはルカリアの耳元へ唇を寄せた。

「…………ショックで死ぬなよ」

髪に隠れた首筋に、自分の肌で見慣れた色を見たのだろうか。驚き、顔を上げたルカリアの腕を取り、ユズリハは針を刺し込んだ。

薬剤を注入した瞬間、ルカリアの身体は激しくのたうち回る。痙攣する身体はホムラの拘束を逃れんばかりに跳ね狂う。すぐにアクアとレオハルトも全力で押さえにかかる。

この薬剤は、内側を何かが貫いていく感覚から始まる。そして腕から内側を這い回る悪寒となり、すぐに、耐え難い激痛へと変わるのだ。

肉が焦げ、抉られる。そんな痛みが、身の内を食い荒らす。劇的な速さで内部が組み換えられていくような痛みと感覚は、ひたすら恐怖でしかない。

ルカリアが噛まされたタオルが、音を立てて軋む。エミリアと繋いでいる手は、その手をへし折らんばかりに力が籠められている。それでもエミリアは決して手を離さない。

「ルカリア、耐えろ！　それが生にしがみつく痛みだ！」

振り回されるルカリアの頭を、ユズリハは胸に抱きかかえた。

「大丈夫だ。君は生きる。その為に私はここにいる。助かるよ。助けてみせる。君が生まれを怨むなら、苦しめず殺すつもりだった。君を苦しめた人間にはそれ相応の苦痛の後、君への手向けにするつもりだったよ。……けれど君は、愛されたんだね。名前を貰ったんだね。よかったね。一生大事にするんだよ。作られるだけで殺されていったクローン達が、望むこともできなかった夢の世界に、君はいるんだ。何があっても生を手離しちゃ駄目だ。君の為に泣いてくれる人に報いる方法は、一つだけなのだから」

身体を離し、もう一本、足に刺す。ルカリアは目を見開き、くぐもった絶叫を上げた。噛ませたタオル越しでも分かってしまう絶叫に、エミリアもまた悲痛な声を上げる。

「耐えろ！　生きることが君の救いだ！　報いる唯一だ！　痛いだろう。苦しいだろう。けど、生まれてきてよかっただろう⁉　……そう思ってくれるなら、父さん達も救われる。頑張れ、ルカリア。君は私の弟でもあるんだ。父さんはきっと悩んだ。死ぬほど悩んだ。けれど、生きている君を殺すことはできなかったんだ。君が幸せになれる万に一つに賭けて、そして賭けに勝ったんだ。お願いだ、ルカリア。どうか幸せになって……そうしてどうか、私の両親を救ってくれ……」

最後の一本は、固定された首へ。ほとんど意識のなくなった身体は、それでも苦痛に反応した。

「ごめん、ごめんね、あんなもの作ってごめん。全部私らのせいだ。生まれてきた君には何の罪もない……ごめん、ごめんなさい……」

痙攣する頭を抱きかかえ、ユズリハは謝り続けた。

彼は、本当ならばこんな痛みを知らなくてよかった。その代わり愛される喜びも知らなかった。

何が正しかったのかなんて、ユズリハにはもう分からない。

雛が親鳥の後をついていく微笑ましい様を再現したくて作られた追尾装置が、ミサイルの弾頭につくのだ。目的はどうあれ、用途は使う人間が決める。

病に苦しむ患者を救いたい。そう願った両親の形が、結果的に悪魔の所業を手伝ったように。

移植手術に耐えられない幼子の命を救えると笑った両親は、悪魔となった。悪魔が使ったその装置を作ったのは、紛れもなくユズリハの両親なのだから。

善意で作る者は悪意に気づけない。よくよく考えれば分かったのに。

単純に作れば、クローンより早く成人し、運動神経のよい人間が大量に作り出せる。一部の機能を麻痺させた感情のない人形を大量に並べれば、どうなるか。何の苦労もなく軍隊が作り出せると、どうなるか。

肉体を、打ち込んだデータで作り上げる機械だ。どうとでもいじることができる。正に、悪魔の所業。神の領域に手を出した両親は罰せられ、死んだ。

ならばこの身も同罪だ。

『贖え！』

ルカリアの絶叫と共に、少女の悲鳴が鼓膜に蘇る。幼い身を憎悪に染め上げ、泣き腫らした目でユズリハを責め立てた少女の声だ。

『この先一瞬でも幸福を味わうな！　贖って贖って、そして死ね！　苦しみ抜いて、この世の不幸を一身に背負って、その生すべてを贖いで終われ！』

無論そのつもりだと、ユズリハは答えた。


応急処置が終わった後、拘束が外されてもルカリアはぴくりとも動かない。意識が落ちたのだろう。この処置では、痛みが強すぎて処置中に意識を落としきれないのだ。

溜息をつきながら、ユズリハはルカリアの容体を確認する。状態は良好で、しばらくはどうにかなりそうだ。

あらゆる意味で猶予期間はあまりないのだが。

アクアについていた監視は、アクアの上官の元隊長ゴルトアの隊が引きつけてくれたと、ユズリハは聞いている。ゴルトアの人間性をユズリハは知らないが、アクアがあの人なら大丈夫だと言うのならその通りなのだろうと思った。

何にせよ、その辺りの人選はアクア達に任せるしかない。そして、監視カメラから覗き見た様子からして、彼らの人選は正しいとも思っている。

ゴルトアは、何も知らぬ振りをして監視の背中をぶっ叩き、酒を飲みに行こうと強引に引っ張っていった。痛みに星を飛ばしていた間に監視対象を見失っていた彼に、心底同情する。そして多分、その酒は彼の奢りとなるそうだ。……監視の冥福を祈りたくなったのは初めてだ。

明日から、ユズリハ達は忙しくなる。

神の卵は、現在もユーラ家が所持していることが確認できた。ユズリハが両親に頼まれて備えたロックが、数年経った今でも解除できないでいるという。

その過程で一点だけ、ユズリハは訂正を入れた。

神の卵なんて物騒な名前じゃない。人工臓器生成機器。本当はそんな、事務的な名前の医療機器だった。

奪った人間が勝手に神格化しただけだ。あれはただの、医療機器に過ぎないというのに。

ルカリアを救う為には、長く生存するよう設定されていない細胞を設定しなおす必要がある。細胞活性剤を臨時措置として作り、どうしたって長くは保たない身体を留める研究を、ユズリハはずっとしてきた。

「ルカリアはこの先、一生家族を作ることはできない。行為はできるけど子どもは望めない。エミリア、それを踏まえて、彼を頼みたい。私ができるのは彼を生かすだけだ。その後のことは君達に任せるしかない。……頼んで、いいだろうか。君に責はない。勝手で酷いことだと自覚はある。けれど、一生を懸けて彼を幸せにしてもらえないだろうか。少なくとも、彼が一人で生きられるようになるまでは、君の生を犠牲にしても傍にいてほしい」

パソコンを叩きつづけながら告げたユズリハの言葉に、エミリアは躊躇いもなく頷いた。

「元より、そのつもりです」

⁂

中身は全部お前の物だ。

エミリアが初めてルカリアと会ったその日、そう、朗らかに笑う両親に絶望した。

生まれて一年にも満たぬ幼子が言葉を解すその前で、当たり前のように言い切ったのだ。

そうして、治療薬によって徐々に病が鳴りを潜めていく過程で、今度は話し相手がいなくて寂しいだろうと、両親は彼をエミリアの傍に置いた。どんな神経だと、最早愕然とすることすらなくなったエミリアは、ただただ嫌悪した。

そのうち、ルカリアはエミリアの真似をしはじめた。喋り方から首の傾げ方まで、一挙一動同じになっていく。

彼の生き物としての本能は、生き残る術を見出したのだ。それを醜悪だと怒る気にはなれなかった。嫌悪すら湧かない。

寧ろ彼の行動こそが怒りだと理解した。そしてそれは、正当なる怒りだった。

だから、意図に気づいた後も、エミリアは彼を止めようとは思わなかった。

激怒したのは両親だ。用済みを生かしてやった恩も忘れてと怒り狂い、二度とそんなことを考えられないように見分けをつける、その為に片耳を切り落とすと言い出した。

首じゃないだけ感謝しろと、鬼のような顔で鬼みたいなことを言った。耳ならば髪で隠せるからと、この期に及んで己の保身を恥ずかしげもなく。

見分けがつかないのならばつけられるよう努力するのではなく、お前が身体を欠けさせろと言い切ったのだ。

見分けのつかない状態を忌々しげに見つめ、さあ頭を出せと両親は言った。ルカリアが唯々諾々と従い、耳を切り落とさせる為に前に出ると信じ切った声で。

一歩踏み出したのはエミリアだった。

大きな目を飛び出さんばかりに見開き、金切り声の悲鳴を上げたルカリアが止めなければ、エミリアは今頃両親の手で片耳を失っていただろう。

両親は気づかない。エミリアはそれを知っていた。だから。ならば。どっちがどっちでもいいではないか。そう思ったのだ。

エミリアがスペアとなりルカリアを生かしたっていいではないか。どうせ両親は気づかない。そうしていつか血が途絶え終わる日が来ても、元より、終わるはずだった命なのだ。

こんな血は滅びてしまえばいい。医に携わる者でありながら命を蔑ろにし、医療技術を、知識を、そうして得た全てを己が欲にしか使わない奴らの血など滅びてしまえ。

そうしたら、地獄の底からざまぁみろと笑ってやる。ルカリアだけが、地獄に落ちるユーラ家の血を天国から見ていればいいのだ。

エミリアは心の底からそう思って一歩踏み出した。ルカリアがそれを止めてしまったけれど、止めなければ自ら耳を切り落としただろう。

激怒した両親がルカリアの耳を切り落とすと喚き立てたけれど、ルカリアの耳を切るなら僕が首を切る。エミリアは奪い取ったナイフを首に突きつけ、両親を脅した。

首からは本気を示す血の筋が幾本も流れていた。両親を脅し返し、エミリアはルカリアを連れて家を出た。

それからだ。庇護を求める子どもの如く、絶対の心服を持って追う雛鳥の如く。ルカリアはエミリアの後を追いはじめた。行動を真似ることはなくなったが、傍から離れることもなくなったのだ。

★ ✳ ★

家具もなく広々としたリビングでぼそぼそと会話が重なっている中、ルカリアは皆の上着に包まり横になっていた。

目覚めてから、身体の調子は随分いい。痛みと引き換えにするだけある。

なのに全員から寝ていろと一喝されているから起きられない。不満はあったが、涙を溜めてエミリアが乞うのであれば、彼に抗う術はなかった。

少し考えた後、ルカリアは隊長達と話し合っているアクアの袖を引いた。何だと開きかけた口を、自らの唇に指を当てることで閉ざす。意図を汲んで、ホムラに一言断ったアクアは顔を近付けてくれた。

「一つ、気になることがあるんすけど……」

伝えられた内容に、ルカリアよりも血の気をなくしたアクアは立ち上がった。

＊

突然大きな音がして、ユズリハは振り返った。

何を思ったか、アクアがユズリハのトランクを引っ掻き回している。

「何やってるのさ」

一応乙女のトランクを引っ掻き回すなんて言語道断！　君なら許す！

所詮は惚れた弱みだ。

背を向けていて何をしているかは分からないが、彼のことだからと絶対の信頼の下、ユズリハは呑気にその肩へ手を掛けた。瞬間、ぐるりと視界が回る。痛みがないからこそ、余計に事態を把握できなかった。

「え、何」

何が起こったか理解したのは、天井を見上げているときだった。

「あんた何やってんすか⁉　ここで喧嘩なんかすんなよな⁉　相手は女ですよ⁉」

慌てて立ち上がったレオハルトの前で、アクアはユズリハの服をたくし上げた。はっとなったユズリハが抗いを思い出したときには、あっという間にサポーターまで外されていた。

混乱した視界に、開け放されたトランクが入る。そこでようやく、ユズリハは何が起ころうとしているのか理解した。

ああ、見てしまったのか。浮かんだ感想はそれだけで。少しだけ、泣きたい気持ちになった。

割れないよう特殊な入れ物に並べられていた注射器。ルカリアに使ったのは三本。あと二本分、入っているはずの窪みだけが残っていた。

呆気にとられた一同は息を飲んだ。白い肌と乳房が露わになったが、目を奪われるのは少女特有のしなやかさではない。

どす黒い死斑が散った身体は、既に生者のそれではなかった。

「……どういうことだ」

「アクア、聞いて」

「何だこれは！」

床に引きずり倒されたユズリハの顔を挟み、アクアの拳が叩きつけられる。食いしばった歯の音が聞こえてくる距離に、アクアの顔があった。

震える吐息が唇にかかり、ユズリハは一度下ろした目蓋を、ゆっくりと開いた。

「アクア、私にはもう時間がないんだ。ねえ、聞いて？　私を見て」

優しく頭を抱きかかえる。柔らかい少し癖のある髪、彼の香り。死ぬならいま死にたい。いま、死にたかった。


「ごめんね、私、死んじゃったんだ」


充分だ。本当に、充分だった。

息のなり損ないを吐く彼が救ってくれたから。

「どうしてもやらなきゃいけないことがあったから、精神を移してここにいるだけなんだ。この肉体も、そろそろ朽ちる。これは三ヶ月しか培養してないから、保って二週間程度なんだ」

悔いなどない。もう二度と幸福を得ないと誓ったはずなのに、こんなにも世界は美しい。

「これから忙しいよ。すぐにブループラネットが襲撃してくる。おかしな進軍があっただろ？　全員コピーのおかしな軍が転移してきてるはずだ。人体の数値化の最後が解けてないから大半死んでいただろうけど。ねえ、聞いて。時間がないんだ。議会との掛け合いは私にはできない。君達がするしかない」

今まで堰き止めていた情報全てを解放するべきは今だと分かった。

「父さん達が死んでから、私はブループラネットに捕まった。あそこはもう滅んでる。生きてる人間は極一部だけだった。磁場嵐の中で、宇宙病Ⅳ型が猛威を振るったんだ。死滅型で菌は残らないけど、対象者が消えるまで猛威を振るい続けた。あそこにあるのは僅かの人間と、大量の脳だけだ。あとはほとんど機械で動いてる。十二人工星が襲われたのは、地球を模した環境づくりに特化したゆえにできたレアメタルが必要だったからだ。死んだ人間は蘇生を求めて脳だけ保存され、ほとんどマザーが支配してる。マザーは精神を数値化できなかった。けれど両親と私は、それを完成させてしまったんだ」

「ユズリハ、待て、待ってくれ……」

「聞くんだ。今の磁場嵐はあいつらが作った巨大なウイルスだ。十二人工星が第二の地球、第八人工星が医療大国、第四人工星が軍事国家。そして我らが故郷、第五人工星は才の宝庫だ。できるよ、必ずあいつらに勝てる。転移に必要な最後のデータは私がロックをかけた。それを必ず破壊して。私にはもうできない。人が人である以上、この技術もデータも滅びなければならない。兵士はコピーしやすい遺伝子から作った人形だ。命の消費など考えていない。人工星内部にも送り込んでくる。千送って一使えればいいいと、それくらいにしか考えられていない代物だ。あれは物だ。ルカリアとは全然違う。心が入っていない人形だ。壊すことを躊躇わないでくれ」

「待ってくれ、ユズリハ……」

ユズリハがアクアの頬を張った。

「しっかりしろ！　私達の故郷が滅びるかどうかの瀬戸際だぞ！　おじさまがおばさまを犠牲にしてまで守った、私達の星なんだぞ⁉」

今度こそ、アクアの動きは止まった。

＊

「この件に関して、私は君に怨まれるかもしれない。ブループラネットは議会に打診していた。第四人工星とここ、どちらを襲うかをだ。そこまでの距離は同じ、奴らは真ん中にいた。あの頃の第五人工星の軍事力では太刀打ちできなかった。議会は第四人工星を売ったんだ。こちらからは手出しをしないという条件で、奴らの行動を見逃した。それが、あの頃の議会が下した決断だ」

「あそこには母さん達がいたんだぞ⁉」

第五人工星の議員としては正しかったのかもしれない。だが、第四人工星を見殺しにした所業は人ではない。

アクアの父はその議員の一人だ。

母がいると分かっていて、幼いウォルターがいると知っていて、それを承知したのであれば夫でも父でもない。

「本当は、まだ時間があったはずだったんだ。でも、ごめんね、アクア。私のせいなんだ。追われた私が逃げ込んだ先は第四人工星だったんだ。あの星で私は捕まってしまった。おばさま達が人工星を出立する前に。待つ理由がなくなったあいつらは、早々に戦線を開いてしまった。第五人工星との密約を破って」

　目の前が真っ赤になった。何を信じればいいのか分からない。何を考えればいいのか、何の感情を追えばいいのか。

　アクアはもう、自分が何の感情を抱いているかすら判断をつけられない。

　淡々とした母と弟の葬儀。何の感情も浮かばない父の瞳。切々と語られる、代表になる為の演説。

「……どちらにしても、事実は変わらない。だからなんだ。あいつは母さんとウォルターの死を利用した！　それは変わらない！」

「利用しないと死が無駄になってしまうって思ったんだよ！」

　アクアの額に、ユズリハが自身のそれをぶつけた。そうして吐かれたのは、まるで血を吐くような叫びだった。

「せめてその死を利用しないと、おばさま達は何の為に死んだか分からないって思ってしまったおじさまが正しかったとは言わないけど、それでも、そう思ってしまった気持ちは分かるだろっ！」

　乗りかかるアクアを突き飛ばし、ユズリハは小さなメモリを投げつけた。

「政庁のデータから四年前の議会の様子を抜き取った。第四人工星が襲撃されたときのおじさまの顔をしっかり見とけ！　あの人は不器用だけど、家族を愛してたって他人の私でも分かることが、どうして君には分からないんだ！　この馬鹿！　頑固者！」

　突き飛ばされ尻餅をついたアクアは、小さなメモリを呆然と見つめた。

何を考えればいいのか分からない。父が家族を愛していたこと？　認められないと反発する心？　ブループラネットが攻めてくること？　第四人工星が落ちた件に父が関係したこと？

アクアの頬を、涙が滑り落ちていく。

「ユズリハ、お前、死んだのか……？」

感情が麻痺して動かない。アカデミー創設以来の天才と謳われたアクアの脳は、優秀な頭脳を駆使して否定を導き出そうとする。

なのに否定するのも自分自身だった。

現れた死斑の数も範囲も、ルカリアより多い。失われた血の気に浮き出た肋骨。何より、死を覚悟した瞳が事実だと告げている。

「どうして、ユズリハ、何でっ……！」

叫び出したいほど感情が揺れ動く。ああ、いっそ壊れてしまいたい。正常に起動した感情は、アクアを壊さんばかりに膨れ上がった。

「ねえ、アクア。幸せになって。ね！　一生のお願い！」

ぴょんっと立ち上がったユズリハは、両手を後ろに組んでにこりと笑う。子どもの頃、宿題をねだったときと同じ顔とポーズ。違うのは開きっぱなしだった服から覗く柔らかな身体と、どす黒い死斑。

アクアを置き去りに、ユズリハはいつも通り笑うのだ。

「……お前の、一生は、何度、あるんだ」

幾度も返した台詞は、最早癖だ。麻痺した頭でも滑り出せるほど繰り返した結果だ。

途切れ途切れでも、息もできないほど苦しくて苦しくて堪らずとも、ユズリハが乞うのならアクアは必ず応えた。そう、したかったのだ。

「宿題の数だけさ！」

この返答も何百回聞いたことか。

もう続かない。その痛みは既に越えたはずだった。引っ越すと聞いた日から努力して築いた理性の盾で。

けれど、こんな痛みは知らない。越えられるとも思えない。前回の別離を受け入れられたのは、再会の誓いがあったからだ。

目の前で明るく笑う〝彼〟は〝いつも〟のように無邪気にアクアを頼るのに、既に失くしているなんて、どうして受け入れられる。

「お願いだよ、アクア。幸せになって。おじさまと仲直りして。自分を蔑ろにしないで。愛して愛されて、誰より幸せになって」

「無理を、言うな」

「お願い。最期のお願い。アクア、私の末期の願い、叶えてくれないかな」

「卑怯だ、お前は！」

うん、知ってる。ユズリハは楽しそうに笑った。

何が楽しいんだと怒れない。笑ってなんていない。それくらい分かる。アクアが分かっていることとをユズリハも分かっていると、分かる。

アクアとユズリハは、親友だったのだから。

「君に会えて嬉しい。最期の願いはそれだけだったんだけど、会って欲が出た。アクア、お願いだよ。私の願いを叶えて？」

思っていたよりずっと華奢な身体を、アクアは抱きしめる。泣かせてくれる人はもういないのだと気がついた。

優しかった夫妻と、誰より親しかった友が去り、母が弟が死に、父を憎んだ。

これ以上の痛みがあるのかと思った。

けれど悪夢に果てなどない。どれだけ覚醒を願っても、悪夢は地獄を通り越した。

幸運などいらなかった。欲しかったのは、あの日の続きだけだったのに。

叶わない。

最早何一つとして、アクアの手に戻ってくるものはないのだ。

★ ✳ ★

隊長二人は、一旦スザクに帰還した。

ブループラネットが攻めてくる。情報を抱えているだけでは何もできないのだ。急ぎ帰還する必要があり、それらを軍へ迅速に信じさせるのであれば、二人の立場でなければ難しい。

去り際、ヒノエは苦笑した。

「簡単に抜き取ったと言ってくれますが、政庁のマザーに気軽に侵入しないでください。形なしじゃないですか」

政庁のシステムは、六年前に取り入れた強固なものだ。未だ一度の侵入も許さない鉄壁のシステムとして名高いものでもある。

ヒノエ自身も採用時の検閲で試験的に攻めてみたが、全く歯が立たなかった。著名なハッカー達が軒並み諦めていった。名こそフィナンシェと美味しそうだが、軍も使用しているシステムだ。どんなサイバー攻撃にも太刀打ちできた実績がある。

ユズリハは、ああ、と頷いた。

「だってあれ、私が作ったシステムですもん」

ユズリハ曰く、スクールの宿題で作った、先生が知り合いの大学教授に見せ、使っていいかと聞かれたからいいよと答えたらああなった、とのことだ。ヒノエは表情を笑顔で固定したまま、動きを止めた。

「フィナンシェが食べたかったんです。マドレーヌにしようか悩んだんですけど、どちらかというとそっちの気分だったんです」

「ああ……だから懐かしかったのか」

言葉もない人々の中で、アクアはぽつりと問題発言を落とした。

レオハルトはぎょっと振り向く。

「あんた、まさかハックしてねぇよな⁉」

「少年法は廃止すべきだよな」

「未成年時かよ！　捕まったのか⁉」

「捕まるくらいならやらない。前から思っていたが、お前真面目だよな」

鼻に付くほどの優等生だと信じていたアクアの新たな一面に、レオハルトはもうついていけない。

ホムラは頭を抱え、ヒノエは口笛を吹き、ルカリアは手を叩いて喜び、エミリアに頭を叩かれた。

「でも、あれはいただけない。私、ロキなんて名乗った覚えないのに、どうして定着してるのさ。私はブラウニーとかタルトとか、焼き菓子系がいい」

「ああ………だからあんなにトリッキーだったのか」

今度こそ、卒倒したのはレオハルトだけではなかった。

ロキを鍛えたのはレポート攻防戦で罠を張り続けたアクアだったことを、本人もいま知ったのである。

第四章　死別

部屋の中には、キーボードを叩く音が二人分重なっている。

後輩三人は最初にユズリハが作業していた部屋で、あのまま眠らせた。ぎゃあぎゃあと騒ぎ、最終的にはエミリアの拳骨で静かになったことは記憶に新しい。

高い位置にある小さな窓とはいえ、一晩中稼働させる予定のディスプレイの光を考慮し、アクアとユズリハはパソコンを持って窓のない部屋へと移動した。

家具も何もない部屋の中、二人は床に座ったまま作業を続ける。アクアの背中に凭れ、鼻歌を歌っているユズリハは、何が楽しいのか足をぱたつかせた。

軽い振動が、アクアを揺する。

温かいのに。

アクアは唇を噛みしめた。

温かくて柔らかくて、どうやって男と信じてきたのか自分でも不思議なほど女の子だったのに。弾む鼻歌、踊る指、背中越しの体温。

全てが〝彼女〟の生を伝えているのに。どうして。

「ヒトゲノムの解析。数値化。よくできたな。興味なんてなかったろうに」

「うん。私も思った。父さん達の資料のおかげだけど、人間やればできるもんだね。あ、今やってる作業はね、転移の際、人工星の一定の距離内には移動できないシステムを組んでるんだ。あいつらは直接人工星内に兵士を送り込むつもりだからね。いくらほとんど死体になるとはいえ、あの質量がばかすか人工星に発生されても困るから。……転移装置は、完成させてないんだ。させる気はないよ。今度は何に使われるか分かんないし。私はどんなシステム渡されても玩具に活用できる自信があるけど、あいつらは全部兵器にしちゃうから」

「……お前の自信は認めるが、人工毛が頭の上で踊り続ける機能は必要なかっただろう」

「あれってなんの宿題だっけ？　ナノマシン使うの楽しかったけど、絶対先生の私欲で選定された宿題だったよね」

　どうでもいい過去の話を引き合いに出して続ける他愛のない会話は、互いが逃げているだけだと分かっている。

　アクアにはどうしても踏み込めない。背の温もりが崩れ落ちてしまう恐怖が消えない。

　それでも、青白い光の中でひらひらと掌が動く。そこにすら隠し切れない死斑が現れていて、もう逃げられないと分かった。

「…………ユズリハ」

「んー？」

　喉が張り付く。

「お前、どうして死んだ」

　ぴたりと動きが止まる。

　ややあって、聞いてくれるんだと、体重がのしかかってきた。

「研究しろって連れてかれて、しないと酷い目にあった。私以外にもそうやって捕らえられた人がいた。彼らは主に十二人工星の人達だったけど。大量生産の兵士の彼はね、非常にコピーしやすい遺伝子を持った珍しいタイプだった。ブループラネットはほとんど人間が生きていない。十二人工星はそれに気づいていない。どちらにしてもメインシステムを奪われている状態で反乱なんてできない。幾度かあった反乱は、空調異常を起こされて鎮圧されたから。連れていかれた先で、私はずっと研究室の中にいた。ずっとソファーの上で寝泊まり。殴られたり蹴られたり、色々されたよ。殺さなければ何してもいいと思ってたんだね。けど、そんなことじゃ私は死なない。私にはルカリアに対する責任がある。彼が幸せに生きているなら生の存続を、怨んでいれば復讐を。私は自分が生き延びる為に言われるがまま奴らに力を与え、第五人工星を危機に陥れた。私は罪深いよ」

　アクアの背に、更に体重がかかる。

「責を取るんだ。私は第五人工星の為にできることをしにきた。あいつらが大量に作った私のコピーの中に精神だけ滑り込ませて、一人で人工星に来たんだ。全ての完成品はここ、私の頭の中だけ。手っ取り早く情報を取り出すなら脳からが便利。抵抗もないしね。いきなり私でやって失敗したら困るから、模造品を大量生産。けどコピーはコピー。後天的に獲得した物は脳に刻まれていないのかもしれない。その辺りはまだ確定できるほど研究してない。模造品は適当に再利用されてたな。精神はここ、身体は贖いにあげたんだ」

「あげた？」

「私の研究対象に当て嵌まってしまった青年、あの頃は少年かな？　三つ年上のギルバート・サイモン。彼の妹に刺された。避けようと思えば避けられたけど、これは私の贖いだ。あの子から自由と兄を奪った。あの子は兄が抵抗しない為の質で、頭がよかったから私の助手にされてた。憎む対象が手の届く範囲にいる。あれは必然だった。馬鹿なマザーは、人間の感情が生む結果まで計算できなかったけどね」

＊

死ねと少女は叫んだ。幼い顔を憎悪に歪ませ、口汚くユズリハを罵った。

兄を返せ、優しい兄を返せ、許さない許さない許さない！

少女ミナは、血走った眼でナイフを構え突進した。ユズリハは両手を広げてそれを受けた。痛みは感じず、ただ熱かった。

ごめんねと一度抱きしめ、彼女を突き飛ばした。鬱陶しい奴らが来る前にやるべきことがあった。がたがたと震えるミナに笑顔を返し、ユズリハはカプセルの中に収まった。パソコンを接続してシステムを起動しても、元から食事を受け付けなくなっていた身体は麻痺して、痛みは少なかった。

血で滑るキーボードを叩きつける。準備は既に整っていた。元よりこの身体ごと連れていけるなんて思っていない。ここで朽ちて問題ない。そして彼女の憎悪は正当なもので。

だから、そんなに泣かなくていいよ。

途切れる意識の端で取り押さえられるミナの姿を見つけたけれど、カプセルの中に溜まっていく血液で物理的に視界が遮られる。

ことりと、自分の心臓が止まる音を聞いた。

小さく呆気ない、生の音だった。

目覚めたのは、作られたばかりの粗雑なコピー。すでに死亡しているコピーから服を奪った。服を着ていたということは、あれは比較的長く生きたのだろう。

自分と同じ顔をした死体がごろごろ転がっていた。ハッキングしておいたシステムはユズリハをスムーズに通してくれる。本体ならこうはいかなかっただろう。けれど、コピーには意思がない。逃げるなんて思われもしなかったから、ほとんど苦労しなかった。

シャトルを奪い、僅かな間に空間移動装置を完成させる。設置はされていたが完成させていなかった部分の仕上げをしたのだ。仕上げたといっても、完成形を正常に動かす最後の鍵はユズリハの中にしか存在しないけれど。

最後に稼働しているロボットを麻痺させ、システムを混乱させている間に全ての支度を済ませ、ユズリハは逃亡した。

動き出したシャトルの中で目を閉じ、すべきことを反芻した。為すべき義務、果たすべき責務は山ほどある。

その中に輝く、したかったこと。

幼い彼の姿を思い出したとき、ユズリハは数年ぶりに微笑んだのだ。

「……本当に、会うつもりはなかったんだ。君に会いたかった。でも、会ってしまえば幸福を感じてしまう。何より会えるとは思っていなかった。なのに、会えてしまったね。あのとき私は、存在も確認されていない神に感謝した。ねえ、アクア、私にはすべきことがたくさんあるんだ。あんな研究を生み出した私の責、それにより傷ついた人への贖い、それらがこれから齎す人災の排除、データの破棄。しなくちゃいけないことはたくさんある。けど、したいことは一つだけだった。そのたった一つが叶ってしまった。……ふふ、苦しんで死ねと言われたけど、どうしようね、アクア。幸せで堪らない。君と会えた。会えないと思っていた君と、こうして語り合える。背を預けられる」

これを幸福と呼ばずなんとする。

「あの地獄で死ねない理由は多々あれど、生きたい理由は一つだけだったんだ」

＊　＊　＊

ユズリハはそう言って、幸せそうに笑った。

キーボードを叩く手は、どちらも止まっていた。握りしめたアクアの拳から血が流れ落ちる。

悔しくて堪らない。こんな些細なことで、過去には当たり前だったことが最大の幸福だと告げる彼女が苦しい。

彼女をそんな目にあわせた全てを断罪したい。彼女を苦しめた相手への復讐にこの身全て捧げたいと、するりと思考が動く。極当たり前のように、残りの人生全て彼女の為で構わないと。

けれどそれは彼女自身が止めていた。幸せになれと釘を刺されている。人生全てを懸けて構わないと思った相手からの末期の願い。無下にできようはずもない。

「君は幸せになる。私の自慢の友達だもの。あ、違うか。大自慢だ。君はおじさまと仲直りするの。君を理解してくれる可愛い奥さん、可愛い子どもが生まれて。君はちょっと不器用だけど、周りの人は分かってくれる。あとは君が幸福になる努力を怠らなければいい。無表情をやめてみれば早いと思うよ。君の表情筋は外で固すぎる！」

人の未来を勝手に語る。ぺらぺらと見てきたように。合わさる小さな背中が笑う度に揺れる。

アクアは拳を床に叩きつけた。背後から流れてくる言葉も揺れも、ぴたりと止まる。

「なら、お前はどうなるんだっ……！」

お前の未来はもう絶たれていると納得しろというのか。ここにいる彼女を無視して、彼女のいない未来を想えとは、随分酷いことを言う。

「……お前はそれでいいのか？　本当に望みはないのか？　お前はそんなに諦めがよくなかっただろう。何をあっさりと納得している。だったらそれを過去に発揮しておけ！」

振り向き抱きしめた身体は細くて弱い。庇護してくれる存在もなしに彼女が生きた人生はあまりに惨い。

向かい合った腕の中で固まっていた身体は、ようやくもがいた。力を入れると折れそうで、首元に現れた死斑が苦しくて、そっと拘束するにとどめた。

＊＊＊

「ユズリハ」

ひどい声がする。ひどい、何てひどい声音で人を呼ぶんだ。

ユズリハはもがいていた動きを止めた。止めざるを得なかった。彼に呼ばれて無視できるほど想った日々は軽くない。地獄さえもっと楽なのではと思える日々の中で、彼との記憶が救ってくれた。

ここで生きている彼がいたから、ユズリハはユズリハのままここにいるのだ。

「こんなときに我儘を言わないでどうする。どうしようもなく泣き虫で我儘なお前に我慢は似合わない。大体、俺相手に今更する遠慮もないだろう。散々人に迷惑かけたくせに。俺に取り繕える体面なんて、お前はもう持ち合わせてない」

「ひどいな」

「事実だ。そして、お互い様だ」

＊＊＊

アクアの横で宙に浮いていた両手が床に落ちる。何も掴まぬ掌が天井を向いた。

「君は、幸せになるんだ」

いつもは遠慮も容赦もなく背中からのしかかるくせに、こういうときは決して縋ろうとしない両手。ならばこちらも勝手にするとばかりに頭ごと抱え込む。

「俺はお前を一人にはできない。俺には、できないよ……………これればかりはどうしようもない。俺にできるのはお前を想うことだけだ。俺は残りの人生全てでお前を想う」

床に落ちた両手が、今度は激しく暴れはじめた。アクアは引き剥がそうと必死に押し返してくる。

「馬鹿！　死人に人生捧げてどうするんだ！　いいか、今の私はイレギュラーだ、いないと思え！　腐りはじめた廃棄物なんだよ！　そんな物に君の一生を、ばか、ばかだろ、絶対」

震える身体をより深く抱え込み、逃がさない。ユズリハに引く気はないのだろうが、それはアクアとて同様だ。何を諦めても、何を譲っても、ユズリハだけは妥協できない。

「俺とお前の関係を、お前だけで決められると思うな。お前は相変わらず傲慢だ。俺はお前と切れるつもりはない。お前の為に生かしてくれないのなら、俺は勝手にお前を想う。どの部類に分別するかは知らないが、ユズリハ、お前が好きだ。これ以上の感情を、俺は他の誰にも向けられない」

友情だろうが親愛だろうが恋情だろうが、どれでもいい。ベクトルが向かう先はどれも彼女だ。

恋より幼く、愛より優しい。名はなくとも譲れず、失えない。

「お前は？　俺が嫌いか？」

暴れ回っていた頭が不意に力を失い、アクアの肩に落ちた。

「それは、ずるいよね」

「ずるいのはお前だろう。死を理由にはぐらかすくせに」

「それ以上の理由がある⁉　ないよね⁉」

「ほら、はぐらかす。自分が劣勢で都合が悪いとはぐらかす。お前の悪い癖だ」

長い溜息がアクアの肩に染み入っていく。温かい呼気は生きている人間そのものなのに。肉体はここで息をして、精神は間違えようもなく彼女なのに。

「……私は君に幸せになってほしいんだ。私の気持ちなんて二の次だ」

「お前が捨てるなら俺が拾う。俺はお前の気持ちを優先する」

「だったら、オリビア可愛いよ！」

「却下だ」

「優先しないの⁉」

釈然としません。ユズリハはぶつぶつ文句を言った。これじゃオリビアから見た私は悪女じゃないか。そう唸っている頬を両手で包み、上を向かせた途端、アクアは脱力した。

呆れながら、額を合わせる。

「なんて顔してるんだ」

そこにあったのは、腹を空かせた子どものような、癇癪を起こした老人のような、苦痛を堪えた青年のような、恋する少女のような、泣き顔。

「ユズリハ、お前の気持ちは？　お前はどうしたい？　俺はお前の気持ちを聞きたい」

「私は、死んでるんだ」

額を付けて話す距離は酷く近い。どちらの呼吸か分からないほどに。

「酷く、つらい」

「この先が私にはない。私は君と歩けない」

「……無念でならないよ」

恐る恐る背中に手が回る。ぎゅっと服を掴んで、ユズリハは泣いた。

「君が、好きだ」

一言零れたら、あとは止まらなかった。

「ずっと、ずっと好きだった。君が私を男と思ってるときから、ずっと。でも仕方ないじゃないか！　私は死んだんだ！　死んでから想いが通じてみろ！　こんなもの悲劇ですらない！　狂劇だよ！　死者に愛を告白されて可哀相だよ、君は！」

次から次へと零れ落ちる涙に、アクアはずっと救われてきた。

だけど、こんな悲しい涙は知らない。

好きと言ってくれた。アクア自身も〝彼〟に向ける感情はその一言に尽きる。

相手が〝彼女〟ならどうなるのだろうと考えようとしたが、すぐに無意味だと分かった。結論が変わることなどあり得ない。

極自然に好きだった。気づけなかった間も愛してくれた。ずっと変わらず想っていてくれた。過去に戻れない以上、アクアが返せるのは未来でしかない。

「ユズリハ、俺にお前を想う権利をくれないか。幼馴染だけでなく、親友だけでなく、一生の理由をくれないか」

重ねた身体は互いの鼓動が交じり合う。生きている証だ。少なくとも今この場所で、二人は生きている。間に合ったのだと気づけてよかった。

この関係に終わりが来るとは思わなかった。理不尽な死で母弟と別れているのに、アクアにはどうしてもユズリハの消失が思い描けなかった。

大事で、大切で、大好きで。どの感情も振り切れていて、失ったら自分が壊れてしまう気がしていたのだろう。本能が喪失の事実から目を背けていた。

「ユズリハ、好きだ。お前が大切で堪らない。誰より大切な友で、あの頃の俺にとって誰より愛した兄弟で、誰より好きな人間だ。……一人で何役もこなしたお前だ。お前一人を失えば、俺はどれだけのものをなくすのかは分かってる。けれど、それを承知で頼みたい。お前を想う許可をくれ、ユズリハ」

「無理、無理だよ、アクア。私は君が好きで、大切だ。だから、駄目だ」

「俺達は間に合った。至上の幸運だと思う。頼む、ユズリハ、俺からお前を奪わないでくれ。それ以上の悲しみを、俺は知らない」

＊＊＊

困ったとき、手放しに彼を頼った。迷惑を顧みず全身で助けてと叫んだ。彼の元に行けば何とかなると思っていた。

甘ったれで傲慢で我儘な自分をいつだって甘やかし、面倒を見て、引っぱたいた優しい人。

それなのに、なんて酷い人だろう。とっくに知っていたことを思い知って、ユズリハは声を上げて泣いた。

「私は悪魔じゃないか！　君から幸福を奪い取り、死者に縛り付ける悪魔だ！　そうなれって、どうして君が言うんだよ！」

ユズリハにとって優しいだけの選択。紛い物の身体が壊れる瞬間まで心を繋いでいてくれると言う。その先の約束をくれると言うのだ。

一人は嫌だ。一人は怖い。一人は寂しい。

君がいい。君じゃなきゃ嫌だ。君といたい。

君が恋しい。君が愛おしい。

弱虫で甘ったれの自分に、優しいだけの約束を強要する。己の望みだと罪まで被って、ユズリハに背負わせてもくれない。

そんなつもりで帰ってきたのではない。己の贖いの為だけに偽りの余命を使い切るつもりだった。

彼がいる。それだけで救われた。ワンピースはただのお守り。彼に見てもらいたいなと思うだけでよかった。会えるなんて思わなかった。泣いてくれるなんて思わなかった。泣かせたかったわけではないのに、嬉しかった。

たくさんの人間を巻き込んだミスト家の発明は、最早誰かの不幸にしかなれない。そんな罪の中、どうしてこんなに幸せで許されるのだろう。どうして、彼は許してくれるのだろう。

「お前の時間を俺にくれないか。お前の最後を共に過ごす権利を与えてくれ、ユズリハ」

「私は、君に、幸せになってほしい」

それしか答えられない。嬉しすぎて死んでしまいそうだ。この感情だけで満たされる。

アクアはどこまでも優しく微笑んだ。

「なるよ。幸福への努力を怠らない。けれどそれは、お前を捨てていくこととは違うだろう？　俺達は、俺達になるまでに互いの存在が不可欠だったと自負しているつもりだ。約束する。幸せになるよ。お前のいない未来でも、必ず、なるから。だからユズリハ、お前の一生を俺にくれ」

返事はできない。

「ユズリハ」

大好きな彼が近くなる。拒絶など、どうしてできよう。

ユズリハには、目を閉じることしかできなかった。

＊＊＊

いつも通りの朝だった。

女は口紅を塗って丸い鞄を持つ。男はネクタイを締め、四角い鞄を手に取る。

道はいつも通り、通勤や通学で混雑していた。親は子の手を引き、子は親に手を振り、友は駆け寄り、仲間は片手を上げる。恋人は頬に口づけ、同僚は資料を手渡す。

誰かにとっては不幸のどん底で、誰かにとっては幸福の絶頂で、誰かにとってはまんねりで、誰かにとっては新生活の、いつも通りの朝だった。

しかし、世界は簡単に誰かを、誰をも裏切る。

アクアの日常が永遠に失われたように、ユズリハの明日が二度と来なかったように。

日常は呆気なく裏返るのだ。


風が湧き上がった。

完璧に管理されている人工星内で、突風などあり得ない。かつて存在した自然という在り方に似せ、そうと設定された区画では存在するが、ここは街の真ん中だ。

風を受け、女は乱れた髪を押さえて口を尖らせた。違和を感じもしたが、それよりも普段は生じぬ出来事により被った不都合へ意識が傾いたのだ。

べちゃり。

女の頬へ、粘着質な何かが飛んだ。無意識にそこへと触れた女の手は、真っ赤に彩られていた。

鉄錆の臭いに、反射的な吐き気が込み上げてくる。しかし、臭いはそこかしこから漂ってきた。

そんな女の視界に、影が落ちる。

女は、恐る恐る顔を上げた。目の前に、男が立っていた。いつの間にか触れそうなほど間近に立っていた男に、女は上げそうになった悲鳴を飲み込んだ。男の後ろに、左右に、男が立っていたからだ。

同じ顔をした男が、女の前に立っていた。その身体がぐにゃりとひしゃげ、そこかしこに飛び散った。

今度こそ、女は絶叫した。


一晩怒鳴り続けたゴルトアは、飛び込んできた阿鼻叫喚の映像に机を蹴り倒した。

「いい加減にしろ！　事態はもうここまで来てんだよ！　てめぇらが日和見馬鹿やった一晩にできたことがあったはずだろうが！」

手足の捻じ曲がった死体。片腕を失い、残った腕で銃を乱射する男。数秒後に事切れる男。

そして、つい先程まで出勤しようとしていた男が、店を開けようとしていた女が、武器を手に住人を追い回す。

突如現れた歪な軍隊に、第五人工星は大混乱に陥っていた。敵が現れているのは政庁のある中心都市だ。

第五人工星では基本的に抗争は軍が引き受け、人工星内の犯罪は警察が引き受ける取り決めである為、市民は武器を持たない。多大な労力と厳重な審査の下、個人や施設での武器携帯が認められる場合もあるが、それも極一部だ。

それなのに、蓋を開ければ第五人工星内で暮らすブループラネット賛同者の武装率は、異様な高さだ。理由は簡単だった。肉塊と化した同じ顔をした兵士から、いつ暴発するとも分からない武器を奪い取り、高々と叫ぶだけで事足りるからだ。

何食わぬ顔で生活していた第五人工星の住人が、今この時、テロリストへと裏返る。

兵士の格好をしているわけではない。犯罪歴があるわけでもない。特別鍛えられた身体をしているわけでも、特殊な技能を兼ね備えているわけでもない、只人。

ブループラネットの思念に共感したと、賛同したと。自身に理念があれば他者の理念を害す正当な理由になるのだと、思考だけがテロリストと化した人間が、銃を乱射する。

青き星に帰ろうと叫びながら、隣人を、通行人を、虐殺して回る。

送り込まれた量産型の兵士は、ただの武器輸送機と化していた。その中に、千に一つ、万に一つの数で動ける兵士が残るのだから、最早目も当てられない。

守備側である第五人工星は、それらを相手取りながら、莫大な数の肉塊を排出せねばならなかった。莫大な重量の増減が急激に起これば、人工星の落星まであり得る。

それなのに、軍の動きは鈍かった。増援が、来ないのだ。

「敵の意図が判断できぬ以上、守りを疎かにするべきでない。人工星内は派遣している軍と警察で充分だ。敵の数も限りがあろう」

「なかったらどうすんだよ。――てめぇら、本当に見えてんのか？　敵に内部まで進軍されてんだぞ！　人工星発足以来の惨事だ。死傷者が既に出てる段階でよくも呑気に座っていられるな」

円卓に座る老人達は動かない。指示がない。許可という形ですら、動きがない。

証拠がない。敵の声明がない、思惑が分からない。失策を打つよりは時期を待つ。それが英断となる場合もあるだろう。だが、今この時には無用の忍耐だった。

「俺は動くぞ」

「待て、ゴルトア。命令は絶対だ」

「俺に命令したけりゃ、納得いく指揮官連れてこい！　保身野郎に付き従う義務も、命を懸ける義理もねぇ！　てめぇらの事なかれ主義で死ぬのは俺の部下なんだよ！」

老人は、自身の背後に立つ兵士にちらりと視線を向けた。兵士が表情一つ変えず抜いた拳銃は、ゴルトアの銃弾が弾いた。

ゴルトアはそのまま銃口を、老人の中でも中心に座る男へと固定した。

この期に及んで、初めて見せた動きがそれか。ゴルトア自身も、この期に及んで失望した己へ嘲笑を向ける。とっくに見限ったつもりだった存在に失望した己の愚かさを呪う暇すら、今はもうなかった。

防音に優れた部屋は、外部へ音を通さない。壁に設置されているマイクを掴む。老人達は皺だらけになった顔を歪ませた。

「第一部隊長ゴルトア・ボストックだ。現在我らが第五人工星はブループラネットによる攻撃を受けている。人工星内部にだ！　未曾有の事態だが、それで恐れる俺らじゃねぇな？　こっからの指揮は俺が執る。全員俺についてこい！　てめぇの意志に懸けて、軍人になった意味を果たせ！」

ゴルトアの宣誓が終わるや否や、入り口が開き、銃を構えた兵士が駆け込んできた。

「すぐに反逆者を捕らえろ！　軽い処罰ではすまさんぞ、ゴルトア！」

枯れ枝のような指がゴルトアを指す。しかし兵士は、老人達の予想に反し、銃身を老人達へと向けた。

老人達は、その瞳を転がり落ちんばかりに見開いた。その背後で、ゴルトアが老人へ向けた銃口で動きを制限されていた兵士が両手を上げ、膝をつく。

「俺だけが動いてんじゃねぇんだよ。事が始まってもお前さんらは動かねぇだろうと踏んでの行動だ。そう思った奴らが多数派だったことを恥じろ。てめぇらのやってきた結果だ。てめぇらじゃぁ、俺達の故郷を守れない」

内部は腐敗が始まっているが、まだリセットが利く範囲内だとゴルトアは思っている。

戦争が加速していくにつれて増えるスキップ組。それらが不正ではなく実力の結果ゆえでの結果なのだから、今は恵まれた時代だ。

豊富な人材が溢れている今なら、まだ間に合う。時代は動き続けている。いつまでも今まで通りだと思い、願い、停滞を望む者が上を占めていては若者が死ぬ。時代に取り残されることを選ぶのならば、自分達だけで沈んでいけ。

後ろの世代を沈め、それを足場に息をしようとするのであれば、ゴルトア達も容赦する必要はなかった。

目の前にいる彼らが、同じような人間達が、第四人工星を犠牲にする決断を下した。

その結果、最後まで反対していた議員の妻と幼い息子が死んだ。アクアの母が、弟が死に、一つの家族が壊れた。

あれが正解だったのか、ゴルトアは今でも分からない。ただ一つ分かるのは、大人の決断で泣いて苦しんだのは、その下の世代だということだ。

子どもが泣いている。レオハルトもエミリアもルカリアも、アクアもユズリハも。

子どもが泣いている。大人が垂れ流した責を負い、子どもが泣き叫ぶ。

それが正しいと、どうして言えよう。その様を眺めながら、次の世代が頑張れと、どうして傍観を決められよう。

ああするしかなかったのだと。その言い訳を合言葉に砕いたガラスの上を、素足の子ども達が歩いている。血を流し、泣き叫びながら、いまなお敷き詰め続けられるガラスの道を歩いているのだ。

老人達は、ああするしかなかった、その言葉を免罪符に、子ども達から剥ぎ取った靴で悠々と歩いていく。後ろ手にガラスをばらまきながら、道を傾けていく。自分達の道だけを均し、自分達の後ろで道を折る。間違っても、ガラスが自分達のほうへ落ちてこないように。

それが正しい形だというのなら、ゴルトアは道ごと廃棄することを躊躇わない。致し方ないと砕いた狂気ならば、己より前にばらまくべきだ。そうして自らが流した血肉で均した道を後世に残せ。

そうできぬと言うならば、せめてそれを正しさと呼ぶな。

第一部隊隊長は、第十八まである部隊を纏める大隊長の役目も担っている。元より大隊の指揮に怯む性格でもない。

だからゴルトアが動いた。それだけだ。

部屋を出てすぐに、ホムラとヒノエが左右に並ぶ。誰もが足を止めぬまま、情報を交わす。

「七割が賛同、一割が反対、二割が傍観ですが、これはすぐに動くでしょう。反対派は暫定措置で捕らえました。俺達もすぐに出ます。何部隊か連れていきます」

「好きに持ってけ。ロキから連絡は？」

「転移は情報を送受信する一対の装置がないと不可能だと。あちらにある装置を壊すことは現段階では難しいですが、こちらの宙域に対となる装置があるはずです。物質の移動はほぼ完璧に行える可能性があり、いたちごっこになる、侵入を止める根本的な手段は自分が何とかすると言っていますが、装置は一つだけ残すようにとのことです。アクア達を借り受けたいと。許可を」

「それだけでいいのか？」

「彼ら四人で小隊分は動けます。ルカリアの不調も処置を受けて回復していますし。あまりこの件に詳しい人員を作りたくありません」

ロキは犯罪者で、彼女は事件の当事者であり、元凶だ。意思に関係なく、事実は変わらない。

「あと、どれくらいだ」

主語のないゴルトアの問いに、ヒノエは痛ましく眉を寄せた。

「一週間、保てばいいと。動ける日数はもっと少ない……痛ましいことです」

「そうか……」

本人が既に死亡している。両親を殺され、監禁され、強要され。若い命は散った。死してなお、事態を収めようと動く少女を、罪には問えなかった。

甘いと言われても、彼女は充分追いつめられた。罪とさせられた業を償った。贖っている。贖っているとも。

発明したことが罪なのか。善良なる想いであったとしても、利用した側に罪はなく、世に作り出した者だけが罪に問われるのか。

結局、利用者次第なのだ。核は兵器とすれば非道で、力とすれば莫大なエネルギーを生み出す。争いに向けるか生活の向上へ向けるか、使う側の理性にかかっている。法も正義も、結局は使う側の倫理と道徳が善悪を分けるのだ。

「ブループラネットへの断罪は俺らで下す。同士への暴挙、しっかり贖ってもらおうか」

大きな軍靴で廊下を歩く男は、感情全てを重たい靴底へと籠めた。

前方から部下が走り寄ってくる。

「宙域に多数の部隊出現！　戦闘許可を！」

「ぶっ潰せ、二度と明日がねぇくらいにな！」

化け物だと公私共に謳われ、歩く砲台の異名を持つ男の本気が始まった。


街は既に阿鼻叫喚と化していた。これが、内部を戦場としたことがない歴史上、市民が初めて感じる戦場だった。

日常的に宙域では軍人が命を懸けて戦っていたが、所詮は他人事。避難警報を疎ましくさえ思っていた人々は、思い出し、そして思い知った。

戦争なのだ。銃を持った敵兵が目の前に現れてようやく、人々は理解した。

ブループラネットの理念に賛同した人間達は銃を持ち、建物を爆破した。青き星に還ろうと思わないものは悪だと、人工星住人同士での諍いが武力を介してしまった。

今まで散々討論されてきたことが口論となり、諍いとなり、血を流す。こちらは殴らないから相手も殴らないだろうと、こちらが侵犯しないから相手も侵犯しないだろうと。そんな善なる世界をなんとなく信じてしまえた緩やかな世界は、もうとっくに終わっていたのだと。

戦争なのだ。戦争とはこうやって起こったのだと。

人々はようやく思い出したのだ。

＊

目的地までの道中は、逃げ惑う市民の波を掻き分け、襲いかかってくる住民とブループラネットの兵士を捌く必要があった。

銃を持ったユズリハを、同様に銃を構えた双子が守る。アクアとレオハルトは、攻めを担った。

体術を得意とするアクアとレオハルトは、一般人の避難が完了していない市街戦では、できる限りナイフを使用した。必要ならば躊躇いなく銃も使うが、何より接近戦ではナイフが早い。

兵士の首を掻き切ったナイフを握り直し、アクアは小さく息を整えた。

動揺するなんて今更だ。頬に散った血を乱暴に擦り取る。今更、動揺するなんて遅すぎる。

この手は既に血みどろだ。軍人になると決めたときから覚悟していたことに今更動揺した事実に、動揺した。

敵機を落としたことは多々あった。もう何も思わない。けれど直接心臓にナイフを突き刺したのは初めてだった。

相手がコピーであろうと、肉体は人間だ。血を撒き散らして苦悶の表情を浮かべる相手に、とどめを刺す。刺せてしまう。

軍人になると決めたときから覚悟していたことであり、軍人として正しい行いを躊躇なく行えてしまう自分が、思っていたよりつらかった。

それらの感情を、力尽くで押さえ込む。荒い息をついて肩を震わせるレオハルトの額を小突く。驚いて見上げてくる後輩に、アクアはいつもの顔を返す。

上が動揺して戦場が成り立つはずがない。意地でも何でもいい。今は走るしかないのだ。

「ミスト博士、お戻りを。博士、研究を続けてください。博士、これが最終警告です」

青年は、左半身を失った状態でユズリハの足元を這いずり回った。残った右手でユズリハの足首を掴む。

そうして垂れ流されるのは、聞き慣れた言葉の羅列だ。彼らは思考しない。精神が入っていない状態では、脳があろうが思考できない。

脳の再現は細やかに行う必要がある。そんな手間隙かけた一品ではない、ただの消耗品だ。言動はチップで管理される。これは、人型である必要がないほど、ロボットに近い代物だった。

「警告を終了しました。反抗基準Bランク。電流レベル1、殴打レベル1、精神重圧レベル1。罰タイプを選択してください」

「うるさいよ」

「反抗基準Aランクになります。電流レベル2、殴打レベル2、精神重圧レベル2、罰タイプを二つ選択してください」

「うるさい」

「反抗基準Sランクになります。電流レベル3、殴打レベル4、精神重圧レベル3。終了後一時間半の療養を許可します。本日の睡眠時間が一時間半減少されます」

淡々と続ける青年の額に銃口をつきつけるユズリハにも、表情はなかった。

「もう、黙れ。君がギルバートだったなら話は聞くが、お前に従う謂れ(いわ)はないんだよ」

「両手を保護します。頭部を保護します。速やかに指示に従ってくだ」

サイレンサーが放つ軽い音で、青年は壊れた。

死体を見下ろし、ユズリハはだらりと両腕を下ろす。その薄い肩を、左右から双子が叩く。そうして、同じ動作で左手と右手を伸ばし、左右から突進してくる青年の頭に違わず銃弾を叩き込んだ。

「あなたの周りには僕らがつきます」

「露払いはあの二人でじゅーぶん。型が似てますしね。嫌い嫌いと言いながら、結局は先輩に憧れてたんだ」

血と硝煙の臭いが立ち籠める中、ユズリハは一際それらを浴びる位置にいる二人へ視線を向ける。身体が大きくない二人はしなやかに懐へと入り込み、相手の力を利用してバランスを崩し、ナイフを捻じ込んでいく。白兵戦の代償で、返り血は多い。なのに美しい。汚れていても穢れは見えない。

その様を、ユズリハは眩しそうに見つめる。

血の汚れ一つない自分の手が、酷く穢らわしいものに見えてならなかった。


ユーラ家が所有する病院は、第五人工星内に点在する。どれもが大病院と名がつく大きな組織だ。中でも一際大きな病院は、医療施設というよりテーマパークのようだった。高級ホテルと見紛う外観から、プールに模擬森林浴まで体験できる。主に上流階級の患者を対象とした施設だ。

いつもは洒落たカフェが賑わう時間だが、今はさながら知識として知るだけの野戦病院のようだった。

限られた資源、土地の中で、常に人類は争ってきた。けれど空気に限りがあれば話は別だ。あれだけ巨大な惑星さえ壊し尽くした人類だからこそ、その恐怖は大きい。

長らく平和で、戦争を知らない人間ばかりの中に突如襲いかかった脅威に、人々は混乱を極めていた。その混乱のまま、人々は病院にも殺到したのだ。

その第一病院が、ユズリハ達の目的地だった。

双子にとっては飛び出て以来の場所だ。ルカリアはいつもの飄々とした口調がすっかり鳴りを潜めている。幼子が迷子にならないため母の裾を掴むように、エミリアの背に張り付いていた。

床にまで怪我人が並べられている間を縫うように進む五人の前に、係の人間が滑り込んだ。

「現在救急の患者受け入れを停止していますが、どなたのご紹介でしょうか」

「……この期に及んで金で患者を選別しているんですね、あの人は。そこを通してください。ユーラ家の者がユーラ家所有の病院にいるだけです」

既に意味を成さなくなっている受付での問答を、エミリアは切り捨てた。ルカリアは兄の腕に掴まって身体を隠そうとしている。

最初は怪訝そうな顔をした相手は、双子を見るやはっとなり、慌てて道を空けた。

「エミリア様でございましたか。大変失礼致しました！」

大袈裟に頭を下げる男に、エミリアは反応を返さなかった。震えるルカリアを安堵させるように、優しく笑みを向けるのみだ。

ユズリハは深く被ったフードを押さえた。頬にまではみ出した死斑は、医療関係者が見たら一発で分かってしまう。そうでなくとも場所が場所だ。宇宙病と勘違いされれば大騒動になる。宇宙病でこの手の痣が出る型は、感染するのだ。

アクアが自身の陰にユズリハを入れ、五人は振り返ることなく目的地を目指した。

奥へ進むにつれ、喧噪は収まっていく。医療行為と直接的な関係を持たない部屋が立ち並ぶ通路には、道中いくつかのロックがあった。

さながら検問だったが、エミリアの生体認証があれば簡単に突破できた為、ユズリハの出番はなかった。

そうして辿り着いた院長室、その隣の部屋だけはエミリアでも解除できない仕様となっている。エミリアから事前に聞いていた通り、ここだけはユズリハが仕事をした。

そうして入った部屋に、家具は一つもなかった。エレベーターが真ん中に設置されているだけだ。そのエレベーターに、エミリアは迷わずパスワードを打ち込んだ。天井から切り離されていることから下にしか進まないと分かる。

直通なのか、乗り込んだエレベーター内に階数を選ぶボタンはなかった。

「こっちです」

エレベーターが到着した先には、長い通路が続いていた。その通路を、エミリアは足早に進んでいく。道中、いくつかの部屋は無視された。

白い通路は人工的な明かりが眩しい。五人が歩いた後には汚れが続く。それら一切を意に介さず、エミリアは突き当たりの扉を開いた。

一際眩しい部屋の中は、とても一施設の地下とは思えない広さがあった。ずらりと並ぶ電子機器の間を、白衣を着た人間達が忙しなく動き回っている。

ここに至るまで、ユズリハが来訪者を知らせるシステムを全て切ってきた為、突如現れた五人に白衣を着た人間達は驚愕の目を向けた。

アクアとレオハルトが前に躍り出て、銃を構える。

さわさわと声が響く。極秘裏に行われてきた研究所が襲撃された事実にパニックになりかけていた研究者達は、左右対称の双子に気づいた途端、感嘆した。夢見る瞳を浮かべ、あちこちから熱い息が漏れる。

あれが、あれこそが完成品。なんと美しい。

粘着質な視線を受け、ルカリアは縮み上がった。

「誰の許可を得てここに来た！」

しゃがれた声が恫喝した。恐ろしい声量にルカリアは幼子のような悲鳴を上げ、エミリアに抱きつく。エミリアは安堵を誘う微笑みを浮かべ、その頭を撫でる。

「お久しぶりです、お父様。医者である貴方が、この非常時に何をなさっておいでです」

院長は驚きこそしなかったが、ルカリアを見て不快げに眉を寄せた。

男は五十に届かないはずだが、すっかり老人のようだった。片目が異様に大きく見える。杖をついてなお、その身体は傾いでいた。

「人形に執着しおってからに。いい加減、人形遊びを卒業したらどうだ。婦女子でもあるまいに。そして、さっさと人形を我らへ返せ。安心しろ。殺しはせん。あと、友は選べ。ガーネッシュ以外、顔も知らぬ下流ではないか」

こんなときでも変わらぬ男の物言いに、エミリアは逆に安堵した。ああ、変わっていなくてよかった。これで何の悔いもなく別たれることができる。

「生かしもしないでしょうに。——ご安心ください。貴方々のなさること、何一つ許容できぬと僕は知っています」

「愚か者、人形に毒されおって。分かっておるのか、エミリア。それは肌も髪も臓器も命も全て、全てわたしが作ってやったのだ。わたしが命令しなければ存在しなかった物だ。爪を剥ごうが心臓を抉り出そうが手足を切り落とそうが、どう扱おうが構わん。わたしが作ったわたしの物をどうしようと、わたしの勝手だ」

煙管(キセル)で指されたルカリアは、身を竦ませてエミリアの背に隠れた。

「あれの使用許可は出さん。あれは第五人工星の秘宝………否、人類の宝だ」

「人を殺して奪い、使いこなせもしない物を宝と仰いますか」

息子の瞳は冷たい。父と呼びながらそう思っていない子どもの目だった。

「人工臓器生成機器。それが正式名称だそうですね。持ち主に返してください。お忘れですか。貴方は医者でありながら命を弄び、私欲の為に人を殺したのですよ」

「我が子の為だ」

「人を殺めてまで生き延びたいと思ったことはありません。それに、貴方々は僕など見てはいなかったではないですか。所詮は僕も所有物だ。跡取りという名の物だった。だから重要だった。僕を救おうとした理由はそれだけで、貴方々の子どもだからではない。僕の家族はルカリアだけですよ」

幼い頃は絶対の君主だった男が、今は随分と小さく弱々しく見える。原因は、年を取って急激に増えた白髪か、皺か、落ちた肉だろうか。

何にせよ、軍人として優秀なルカリアが脅える要素は一つもありはしないのに、エミリアより前に出ることすらできないでいる。彼らに認められなければ存在を抹消されると、その精神に刷り込まれているからだ。

「バレン・ユーラ。写真より随分お年を召してるね。奥方ジュリア・ユーラの数多き火遊びが原因か。それとも、急激な老化は宇宙病Ⅲ型の兆候でしょうか。片目だけ飛び出すその症状を見るに、随分進行していらっしゃる。もう老い先短いのでは？」

バレンは聞き慣れない声に視線を移した。細身の若者が集まる中で一際小柄な少年が、フードの下からこちらを見ていた。

「無礼だぞ、口を慎め」

「は！　君主のおつもりで？　思い通りにならないことばかりの中で、どうしてそう思えるのか。お幸せな脳でようございました。Ⅲ型はまだまだ未解決。残念、対抗策がない、おかわいそうに」

小さな音がして、バレンの額に銃口が突きつけられていた。

バレンはつまらぬものを見たと言わんばかりに溜息をつく。

「木偶人形、何をしている。止めろ、愚図」

びくりとルカリアが震えるが、ぎゅうっとエミリアの服を握りしめるだけで動かない。

「ルカが貴方に従う謂れはありません。僕らに命令できるのは上官と先輩だけです」

バレンは舌打ちした。

ユズリハが引き攣った笑い声を上げる。銃口を揺らしながら、腹を抱えて天井を仰ぎ見る。呼吸困難を起こしたような奇怪な笑い声だった。

「エミリアが縁切り宣言したことだし、気を使う必要もない。さあ、どうやって死にたい？　簡単に死んでも面白くない。元凶は私だけど、発端はあんただ。結果が追いついてきたんだよ、バレン・ユーラ。罪には報いだ。贖う気がないのなら、私が手を下すしかないだろう？」

フード越しでも隠しようのない死斑に、バレンは眉を寄せた。汚らわしい物を見る目だ。

ユズリハは安堵した。心の底から。

「よかった。あんたは本物の屑だ。ありがとう、心痛める理由が欠片もないよ！」

手が塞がっていなければ拍手さえしていただろう。

道端の小石を見るよりも不快感を露わにした瞳に、安堵し、歓喜した。

ああ、嗚呼、嗚呼！　よかった、本当によかった！

この期に及んで、もし、欠片でも、罪悪感など抱いてしまうような言動をしてくれなくて、本当に嬉しかった。

これで心置きなく修羅と成り果てることができる。

「さて、バレン・ユーラ。私をご存知だろうか」

「廃棄物など知らぬわ」

「お前が私の情報をブループラネットに売ってくれたおかげで、得がたい経験ができたよ。どうもありがとう。あれほどの地獄があるとは思いもしなかった」

男は怪訝な顔をしたが、それも一瞬だった。ユズリハの言葉に耳を傾けるのも面倒だと言わんばかりに、犬猫でも追い払うように舌打ちする。

「何を……人でさえない分際で、このわたしに銃を向ける無礼が許されるとでも思っているのか、塵屑め」

ユズリハは、男を彼が向けてくるものと同じ瞳で見下ろし、片手でフードを剥ぎ取った。

歪んだ瞳は憎悪の成れの果てだ。

「初めまして、両親が大変お世話になりました。娘の、ユズリハ・ミストです」

初めて、バレンが動揺を示した。研究員達も一斉に青褪め、地面に座り込んだ者もいる。

ユズリハの喉の奥から零れ出る感情という名の唸り声は、がちがちと鳴る歯を突き破り、彼らの耳へ届く。突きつけた銃口は、彼女の感情の高ぶりと一緒に小刻みに揺れる。

それは躊躇いではない。勢いのまま一息に殺してしまいそうになる自分を制しているのだ。

「あれ以来、寝ても覚めてもあんたのことばかり。写真を見ては吐き気を、論文読めば殺したかった。あんたが憎くて憎くて、死んでなお、憎悪は尽きない。亡霊となってもあんたを殺すって決めてたんだよ、バレン・ユーラぁ！」

フードの下にあるものは、バレン達が四年前に見た教授によく似た顔だ。輝く赤銅色の特徴的な髪色は博士のもの。両親の特徴を色濃く受け継いだ、ユズリハの誇りだ。

　首から頬に伝った死斑はユズリハの言葉を肯定していた。既に死した身でバレンに銃を突きつける、その執念。

「……でもあんた、勝手にⅢ型なんかに罹っちゃって。はは、笑える」

「何が、おかしい」

「Ⅲ型とⅦ型、症状は違えど分類的には同じ。やっぱり遺伝が関係してるのかな。私、Ⅶ型の新薬作ったけど、続けてればⅢ型も作れたかもね。両親が殺されたからやめちゃったけど。つまり、あんたのせいで、あんたは死ぬ」

　バレンはユズリハの腕を掴んだ。縋るようでいて籠もる力は握り潰さんばかりだが、死斑の広がった腕は痛みなんて感じない。

　笑いが止まらない。腹の底からおかしくて堪らない。人を憎むと些細なことが楽しくて堪らない。相手の不幸に限るのだから救いようなどどこにもないが。

　ひゅうひゅうとバレンの呼吸が乱れた。ただでさえ悪かった顔色がどす黒く落ちていく。そんな様さえ、愉快でならない。

「あんたは自分が齎した行動の結果で死ぬんだ。はは、傑作だ。世の中うまくできてる！　あんたは一応腐っても医者だ。あ、腐った医者か。Ⅲ型の特徴は知ってるね。肺の縮小による慢性的な酸素不足、味覚異常、脳神経異常による猛烈な幻痛、よって薬が効かない。緩やかに機能停止していくⅦ型に比べ、圧倒的に苦しくつらい。痛くて精神が破壊されるほどなのに、壊れきることもできない。麻酔も麻薬も効かない。脳神経が勝手に痛みを作り出し、処置の術がない。苦しいだけの生だ。苦しくて痛くて痛くて痛くて、壊れんばかりなのに死にきれない。終わりのない苦痛の海に溺れて、それでも死ねない」

がちがちと、煙管で黄ばんだ歯が音を鳴らす口元から泡が溢れ出る様すら、ユズリハにとっては声を上げて笑いたくなる一幕に過ぎない。

ああ、己を刺した幼い少女の気持ちが分かる。あの憎悪、もっと長く受け止めるべきだった。

症状が色濃く出た眼球に銃口を突きつけ、ユズリハはうっそりと微笑んだ。

「自らの痛みに溺れて死ね、バレン・ユーラ」

一瞬で終わる死などくれてやらない。こちらの手を汚しもしない。余命半年。生に絶望し、死に焦がれ、壊れるには充分な時間だ。

存分に苦痛を味わって死んでいけ。

ぐるりと白目を剥いた男を見下ろし、ユズリハは汚らわしいと眉を顰め、背を向けた。

隣にあるパソコンへ手を伸ばし、素早く指を走らせる。一通り眺めた後、安堵の息を吐く。

「よかった。第五出身者とは思えないほど無能揃いだったか。私が作ったブロックを全く壊せてない。データも取り出せなかったのによくもまあ、こんな施設作って。まあ、こいつが資金を無駄にしていくのは楽しいけど。いいよ、アクア、そいつら殺さなくていい。すぐに使える状態に保って掃除してたと思えばいいくらい、何一つ使えてない。はは、笑える」

小さなメモリをパソコンに挿す。

「それは何だ？」

アクアが尋ねれば、ユズリハは悪戯っ子の目で笑った。

「私が作ったウイルス。データ破壊だけじゃなくて、物理的にも壊しちゃう優れもの。まあ、モーターをフル回転させて火を出させるだけだけどね。これだけ金ある所の地下だもん。多少の火じゃ上まで被害はないでしょ」

研究員達は悲鳴を上げた。レオハルトが銃で頭部を殴りつけ、黙らせた。

しかし、他の研究員が続ける。

「なんて、なんてことを！　これは人類の叡智だ！　未来の結晶だぞ！」

「私の物をどうしようと私の勝手だ。あんたらの親分の持論だろ。叡智だと言うのなら生み出した人達を殺すべきじゃなかった。これからいくらでも深めてくれただろうに、あんたらは殺したじゃないか。ねえ、知ってる？　あんたらが犯した罪の重さに怯まない理由を」

その顔に浮かんだ凄惨な笑みは、およそ二十に満たぬ少女が浮かべていいものではなかった。

「贖う気がないからさ。犯した罪に怯まないのは、贖う気のない奴だけだ。けれどそれは私が許さない。最も効果的だろ？　あんたらが心酔した研究を、完成させられる唯一がぶち壊す。二度と再建できないくらい徹底的に壊してやるよ。言っておくけど、お前らは生かしてやるだけだよ。研究に群がった奴ら全員同罪だ！　皆殺しにしてもいいくらいだ！　……この身は既に死者の物。思考も人から外れていいんじゃないかと思うけど、さすがにアクアの前で魔物に成り果てたくはない。だから、あんたらが大事にしてたデータ消滅でいいや。それで充分、絶望してくれるだろ」

けらけらと笑うユズリハは、酔っ払いのように足元を崩した。その身体をアクアが支える。

「まずい、興奮しすぎて足にきた。はは……復讐ってどこまでも酔えるから嫌だね」

歪みきった精神が澄んでいくとさえ思える。しっくりと収まって平穏をくれる。復讐だけを糧として、きっとどこまでだって走れる。

それでも、それ以外の何かのほうが、ユズリハには大切だった。

復讐に満たされた平穏より余程。

「何て、ことを、何てことを！」

「動くな！」

ふらりと立ち上がった男はレオハルトの制止も聞かず、ユズリハに近づいていく。アクアが銃を向ける。

「いいよ、アクア、止めないで。何だよ、話くらい聞いてやろうか？」

男は神経質そうな顔を驚愕に染めたまま、よろめいた。

「これは、歴史に残る大罪だ。人類が青き星に帰る為に必要な、価値ある、人類の為の神の授かり物だったのだ。その為に必要な犠牲に何を憤ることがある。何百年もかかる移動が一瞬で終わる。人類は第一人工星が独り占めした青き故郷に帰ることができるんだぞ！　どうしてそれを邪魔するのだ！　お前はあの星が恋しくはないのか⁉」

ユズリハは顔面から表情を滑り落とした。

「そうか、あんたブループラネット賛同者か。どうしよう、生かしたくなくなってきた」

男はユズリハの胸倉を掴み上げた。ユズリハはそれでもアクアを制した。感情を映さない瞳で男を眺める。

「地を覆う海、果てない空、人間の管理が効かない自然、プロペラのいらない風、培養の必要ない食料。かつて我らが失ったあの楽園を、どうしてお前達は忘れて生きていけるんだ！　青き星は我々人類共通の故郷ではないか！」

「壊したのも人間だろうに。可哀相に。あんたには大切なものが何もないんだね」

ユズリハは自分を支える腕にそっと触れ、男へ憐れみの瞳を向けた。

「私は、文献でしか知らない過去が壊した故郷なんて要らない。場所より人だ。どんな場所でも、大切な人がいればそこが楽園となる……ああ、可哀相、可哀相に。あんたには過去しかないんだね。遠い昔、人類が自ら壊して追い出された楽園に縋らなければならないほど、今のあんたには何もなく、誰もいないんだね」

可哀相に。可哀相に。憐れな男。

ユズリハは謳うように言葉を紡ぐ。

「私にはアクアがいるよ。ここが楽園で、明日で、今で、全ての幸福なんだよ」

ユズリハは歩き出した。部屋の中心で高い台座に掲げられた装置へと手を伸ばす。丸みを帯びたフィルムの中心には培養液がたゆたっている。

小さく気泡が立つ特殊な液体は澄んでいて、手入れが行き届いていることが分かった。

『色はどうしましょうか。貴女の好きな色にしましょうね』

母からの問いに、青が好きーと、軽い気持ちで答えたままの外観に苦笑する。

命を救って心を繋げるをモットーにした母は、青の中に桃色のハートを一つあしらった。子どもが受け入れやすいように、治療を受ける人々が怖がらないように。

そう願って作られた愛らしい外見がお披露目される機会は、永久に失われたのだ。

「これが……?」

よろめいた背を支えたアクアは、一つの機械を見つめた。成人が一人入ればいっぱいになる小さな機械。これが全ての始まりであり、ルカリアを救える唯一。

「私の青はここにあるんだよ」

深い深い青の瞳。海はきっとこんな色。これこそがユズリハにとって生命の色であり、故郷だ。他に帰る場所なんて要らない。

研究者達に銃を向けたまま、アクア達が移動式台座に装置を載せる。これだけの人数で運べる小さな装置だ。どんな小さな施設でも導入できるようにと、小型化にこだわった両親の願いが、ここにある。

アクア達は扉が閉まるまで銃を突きつけ続ける。

背を向け続けたユズリハは、扉が閉まる直前振り向いた。

「ついてきたら殺す。生かしたのは慈悲じゃない。邪魔するなら仕方ない。殺してやるよ」

呆然と立ち尽くす男の足元に一発。男も、他の人間も、誰一人としてその場から動かなかった。

軽い音を立てて扉は閉まる。追ってくる者は誰もいない。廊下は静まり返ったままだ。自らの命を失ってでも奪い返したいという者は一人もいないのだ。

ユズリハは渇いた笑い声を上げた。

研究より、人類の叡智より。

今を生きる命が大切だと知っていたのなら。

どうして両親を助けてくれなかったのだ。

アクアに抱きしめられて、ユズリハは声を上げて泣いた。

＊ ＊ ＊

「ここかぁ。思ったとおり大きいね。さすが今をときめく一大企業」

明るい声でウインクした表情には、既に憎悪は見つけられなかった。全てバレンに注ぎ込んだかのように、残っていたのは〝いつもの〟ユズリハだ。

ユズリハ達は次なる目的地である巨大なビルの中にいた。人工臓器生成機器を伴いここに至るのは、それなりに苦労を伴ったが致し方ない。

これは今から絶対に必要な物であり、絶対に、もう二度と、誰にも奪われてはならない物だったのだ。

辿り着いた巨大なビルは既に一階が突破され、同じ顔をした敵兵が肉塊と化している。

誰もが、横から飛び出てきた相手の顔が半分なかったことに躊躇わなくなるくらい、同じ顔を殺してここまで来た。

パソコンを片手にユズリハが指示を出す。狙いはこのビルが所有している大量のスーパーコンピューターだ。これが真っ当に悪用されれば、人工星内の機能を全て止めることも可能であろう。

電力すら自前で賄っているこの会社は、どう控えめに評しても要塞である。一代にして一大企業に伸し上がった会社名はブループラネット側も把握していたのだろう。真っ先に制圧にかかっていた。

目的はユズリハ達同様、スーパーコンピューターだ。

自警団が応戦しているが、相手は強化されたコピー人間。既に人間と呼ぶのも躊躇われる外見で、這いずってでも目的を遂行しようとする死を全く恐れない兵士。

一企業がそんな敵の猛攻を受け続け、一階を突破されただけで済んでいるのだからそれもまた恐ろしい話だ。シャッターの設置場所や頑丈さを見るに、最初から襲撃が想定されている。

ここの社長は、心底用心深いようだ。

「そこ右」

ユズリハの指示通りに曲がった先で三体始末する。

兵士の血が飛び散ったシャッターを、ルカリアが手の甲で叩く。

「閉まってますが、どうするんですか？」

「私が開ける」

キーボード一つで道を塞いでいたシャッターが開いていく。漣のような滑らかさをもって開かれていく様は、まるで魔法のようだった。

そして、駆け抜けた傍からシャッターは静かに下りていく。開けたら閉める。ユズリハは、幼少時より口を酸っぱくして言い続けたアクアに向け、にっと笑った。気づいたアクアは苦笑を返す。

まさかこんなときに、過去の己が言い続けた結果が報われるだなんて思いもしなかったのだ。

そこまではユズリハによって順調に進んでいた。しかし、レオハルトが先陣を切って曲がろうとした瞬間、アクアが声を張り上げた。

「双方撃つな！」

反射で構えた腕を意思で止めたレオハルトの額に、死角にいた黒い長髪の男が銃を突きつけていた。その隣の雰囲気がよく似た青年も、同様の姿勢を取っている。

冷たく尖った切れ長の瞳が素早く動いた次の瞬間、大きく見開かれた。

「レオハルト、か……？」

長髪の男は慌てて銃を下ろした。

彼こそこのビルの所有者、ルドルフ・ゼルツだった。

一代にして巨万の富と、落ちぶれた家の復興、行政に介入できる力を築き上げた稀代の名君だ。

味方には信頼を約束するが、一度敵に回れば恐ろしい。根こそぎ奪って壊し尽くすと有名な男でもある。

その男が、両手をぶんぶん振り回し、全身を使って慌てて弁明を始めた。

「ご、ごめんな！　これは、その、決してお前と思って銃を向けたわけでなくてだな⁉」

「……兄上、あんまりだ。レオが帰ってきてくれなくなったら兄上のせいです」

「アルブレヒト！　お前は兄を庇うどころか追いつめるのか⁉」

ぽかんと見つめる五人と、背後に控えた部下達の目の前で、兄弟は必死になってレオハルトへの弁明を続ける。


「兄上方」

ルドルフとアルブレヒトは、ぴたりと動きを止めた。それは、初めて兄と呼ばれたからだ。

目の前にいるのは、手放すしかなかった幼い弟。弟は言葉さえ解さない歳だった。会いたいと面会を申し込んでも逃げられ続け、手紙も返事がない。

その弟が、二人を兄と呼んだ。全身全霊を懸けて意識を向けなくてどうする。

「人工星襲撃を止めます。スーパーコンピューターと、操れる人手を貸してください。あとは大きな電力と、誰も立ち入らない部屋を」

百台のスーパーコンピューターはゼルツコーポレーションの虎の子だ。乞われてはいどうぞと解放できる物ではない。

社員達は使い慣れない銃を抱えて、二人を見つめた。二人を兄と呼ぶことを許されているのは実弟ただ一人だ。兄弟間がどうなっているかは知らない。年の離れた弟がいると風の噂で聞くだけだった。

ルドルフは静かに末弟を見下ろす。真っ直ぐに見上げてくる瞳に自分の姿が映っている。それだけで、全財産差し出しても惜しくはなかった。

「直通エレベーターが生きてる。スパコンは地下だ。電力と部屋も、そこのを使えばいい。ちょうど防音設備の整った部屋がある」

「社長⁉」

背後から社員達による悲鳴が上がった。

「これは俺の判断だ。文句は俺に言え。結果会社が沈没しても、まあ、許せ」

許せるはずもない。そんな文句が籠められた視線が背中に突き刺さってくるが、ルドルフ達はどこ吹く風と言わんばかりだ。社員達は皆揃って嘆息し、諦めた。

許しはしないが諦めるくらいには、この会社で激動の時代を共に過ごしてきたのだ。

思いも寄らぬほどあっさり受け入れられた要求に、レオハルト自身も呆気にとられた。

呆然としている弟の肩を叩き、アルブレヒトは移動を促した。今は締め直されたシャッターが敵の侵入を防いでいるが、それもいつまで保つかは分からないのだ。

アルブレヒトは、先頭を切って歩きはじめたルドルフの隣に、レオハルトをそっと誘導した。

「お前に兄と呼んでもらえて嬉しいよ。兄上もそうだ。それだけが理由ではないけど、嬉しいからそれでいいんだよ」

今は待機している時間すら惜しいと、喋りながら誰の足も早足になる。

階段を上りはじめたルドルフに、アクアが問う。

「上へ?」

「エレベーターの搭乗口が上だ……さて、お前は見覚えがあるな。確かガーネッシュ家だ」

「アクアです。こちらがレオハルトと同期のエミリアとルカリア、そして私の幼馴染の」

説明の途中で本人が遮った。

「ユズリハです。通称はロキです。よろしく」

あちらこちらに動揺が走ったが、本人はけらけらと笑い、パソコンを叩いている。

「名がないと私の指示で動いてくれないでしょう? 大丈夫です、貴方々のデータに一切興味はありません。恩を仇でも返しません。私は故郷を守る為に帰ってきました。これ以上の混乱は私の望むところではありません。貴方の弟さんの面子に泥を塗るつもりもありません」

「レオの名を出すとは意地が悪いな、お前」

既に待機していたエレベーターに乗り込む。大人数が乗り込んでもまだ余裕がある大きさは、荷の運搬にも使用しているからだ。そもそも地下にスーパーコンピューターを設置する為、それに応じたエレベーターがなくては困るのだ。

どんどん階数が下がっていく中で、ルドルフは汚れた頬を高いスーツで拭った。

「レオハルト。こんなときになんだが、少し話はできないか?」

アルブレヒトもスーツを脱ぎながら向き直った。破れて汚れた上着は役に立たない上に動きにくい。緩める暇のなかったネクタイに指を捻じ込み、緩みを作る。

いっそ外してしまおうかとも考えたが、止血帯に使えるのでそのまま着用しておくことにした。

「俺達はお前を家に戻したいと考えている。その旨は手紙にも書いたが、読んだか？」

頷きが肯定を示す。

ほっと頬を緩ませた男は、すぐに緊張した面持ちとなる。

「受けては、もらえないだろうか」

一般人の年収を指先で転がす男は、社運を懸けた戦いのように言葉を紡いだ。


不躾に見ないよう壁に視線を向けていたアクアの袖を、レオハルトが掴む。驚いたアクアは視線を向けた。けれどレオハルトは手を離さず、まるで小さな子どもが握るようにぎゅっと力を籠めた。

「なんで、今更。オレは軍人で、マクレーン家からも廃棄物宣言されたんだ。それを今更、同情か？拾ってやるつもりか⁉」

「違う！」

「幸いスキップできるくらいの実力はあったみたいだし、家なんざなくても困らねぇんだよ！　同情なんかいるか！　今更、何も、いらねぇんだよ！」

その他の可能性全て潰されて進んだ道を、実子の誕生で放り出された。

厳しいだけの養父母だったが、それでも期待に応えていればレオハルトを見てくれた。それだけの為に頑張り続けたレオハルトに向かって、もう要らないと養父は言い切った。売られた子どもと関わって歪んだら困ると養母は言った。存在自体が邪魔だと言った。いっそ死んでくれたら後腐れなくて助かると言った。

同情をくれるなら、誕生日の雪の日、地べたで蹲るレオハルトにかけてほしかった。

アクアの袖を握る力が強くなる。


そんな弟を苦しげに見つめるルドルフの腕に、アルブレヒトは掌を添えた。

「レオハルト。兄さんの話を聞いてくれ」

「…………やめろ、アル」

「やめません。僕達はお前を捨てたりしない。言い訳と思っても聞いてくれ。兄さんは当主となってすぐにマクレーンに出向いた。けれど格下のゼルッ相手にマクレーンは言い切ったよ。実子ができたからと放り出しては外聞が悪い。そう言って、手離そうとしなかった。愛すつもりはないが帰すつもりもないと……殺してやろうと思ったよ」

アルブレヒトは、兄の剣幕を今でも覚えている。

顔を真っ赤にして、マクレーン当主の豚のような喉笛を今にも噛み殺しそうだった。頭が煮えたのはアルブレヒトも同じだが、兄はそれ以上だった。

怒りで炎が出せるのであれば、兄の怒りはきっと星を燃やし尽くしただろう。

結局交渉は受け入れられず、せめて会わせろとの要求も却下された。戸籍をマクレーンが持つ以上、権限はこちらにない。実弟であろうが、会う為に法的手続きを要求された。

「この会社、大きくなっただろう。兄さんがそうしたんだ。マクレーンが文句を言えないくらいの力をつけ、マクレーンを格下にする。そうでもしなければ、マクレーンはお前と会う権限すら渡さなかった。さっきお前は協力を要請した。兄さんはそれを受けた。どうしてか分かるかい？　この会社はお前を取り戻す為に作って、大きくしたんだ。お前が壊すならそれもいいと思ったからだよ」

ルドルフとアルブレヒトにとって、レオハルトをマクレーンから取り戻すことだけが人生の目標だった。否、己の生など始まりもしていない。

あの日手放した幼い弟が幸いに笑うまで、二人は生きるも死ぬも許せない日々を駆け抜けてきたのだ。


アルブレヒトがレオハルトへ向けた柔らかな声音は、ヒノエに似ていた。レオハルトに優しい声をかけてくれた大人はヒノエだけだったから、比べる対象は彼しかいないのだ。

アルブレヒトの微笑みがとても寂しそうに見えて、レオハルトはこの場から逃げ出したくなった。

「……兄上、それは、本当ですか？」

長い髪を揺らし、ルドルフは重く息を吐いた。万感の想いを吐き出したのか、それはとても長かった。肺が空っぽになるほどだ。ぐしゃりと前髪を握りしめて、かっこわるいなと呟く。

「お前を養子に出したとき、俺はガキだった。今のお前よりもっとガキの頃だ。傾いていても名は貴族。親類一同は名に固執し、叔父上は決して権限を譲らなかった。既に屋敷や家具、連なる土地も質に取られ、借金取りが押し寄せる毎日だった。……愛して大切にすると、マクレーンは言った。このまま家にいるよりはまともな暮らしができるかもしれないと、思ったんだ」

ルドルフの瞳の奥に、重く淀んだ何かが揺らめいた。

「だが、誤りだった。マクレーンはお前を虐げた。人生の選択を奪い、尊厳を蔑ろにし、なおかつ飼い殺しの憂き目にあわせた。許されぬ所業だ。愛さないなら帰せと言っても業突く張りの守銭奴め。星予算並みの額を要求しやがった。ただ、言質は取った。つまり、金があれば帰すと言ったんだ、あいつは。だったら金を作ればいいいんだろう。過程で叔父上が死のうが商売敵が宙海に消えようが、些事だ」

ルドルフは、男性には珍しくリボンで髪を結んでいる。

青いシンプルな細いリボン。結び目が色褪せたそれに、レオハルトはどこか見覚えがあった。

唯一手元に許された彼らとの古い家族写真の中で、レオハルトがしゃぶっていたぬいぐるみの首を飾っていたものとよく似ている。

似ているのではなく、そのものかもしれない。そう思ったのは、身なりがきちんとした男が身につけるにはあまりに不釣合いだったからだ。

「レオハルト。お前が今の暮らしに満足しているなら、屋敷に帰ってきてくれなくてもいいんだ。けれど、困ったときに助ける権利をくれないか。お前を心配する権利を、お前を愛する権利を、真っ先に駆けつけていい権利を、俺達にくれないだろうか。守れなかった俺を憎むならそれでもいい。金だろうが会社だろうがゼルツだろうが、全部持っていっていいんだ。それは構わないけれど……もし、もしもお前が許してくれるなら、俺は兄弟揃って食事がしたい。お前と話したいし、兄ぶりたいし、甘やかしたい。レオハルト、俺達はお前と兄弟でいたいと切に願っているんだ」

歯を食いしばり、アクアの軍服に皺を刻み込んでいる手を見つめることしかできない。そんなレオハルトの手を、アクアは解いた。

咄嗟に見上げたレオハルトは、自分が捨てられた犬のような目をしている自覚があった。そんなレオハルトに、アクアは苦笑を返す。

今までならば､信じられない顔を見たと思っただろう。だが、ユズリハと話しているアクアを知った今となっては、違和感すら浮かばない。

こんな顔で許されてきたから、ユズリハは好き放題やってきたのだろうと思っただけだ。

いや、本当は、レオハルトにも分かっていたのだ。アクアが優しいことなど、ずっと。

だから散々噛みつけたのだ。相手にしていないようでいて話を聞いていないわけではない、勢い余って勝手に転びそうになった相手を当然のように支えもする。怒りを返すわけではなく、悪意を向けるわけでもなく。ただ黙って受け入れていた。

自分を傷つけてこない相手だと分かっていて甘えていたのは、レオハルトも同じだった。

そんなアクアに縋った掌を外されて、レオハルトは怯えを見せた。そんなレオハルトの掌に、アクアは自身の手を重ねた。

「お前が握るべき裾は、ここじゃないだろう？　レオハルト、俺がどうこう言う権利はない。だが、間に合うならそれが一番いいんだ………間に合うことは幸福なんだよ」

どんな思いで紡がれた言葉なのか、レオハルトには分からない。彼が感情を露わにするところを初めて見た。彼が……彼女が現れて、初めて。

ユズリハが彼にとってどういう存在か、どれだけの影響を及ぼすのか、見るだけで分かった。その相手を失おうとしている人が、レオハルトにそう言った。

彼は、彼らは、間に合ったのだろうか。

それでもアクアの手を離せず、そのまま恐る恐る兄二人を見上げたレオハルトは、妙な既視感を覚えた。それを辿ろうとした意識に、ふと蘇る記憶があった。

青いリボン。無理やり結ばれた短い黒髪。横に並ぶ似た雰囲気の少年。雪の降る、寒い寒い日に見た、涙。


義弟の誕生日パーティの日、屋敷から追い出された。

祝い事に影を差すと放り出されたレオハルトは、雪の降る日、帰る場所も行く当てもないまま外を彷徨った。外の世界を知らされなかった子どもが放り出されたとて、逃げ込む場所などあるはずもなかったのだ。

レオハルトは公園の片隅で抱えた膝の上に雪を積もらせ、このまま無音の世界に溶けていくのもいいと思った。

年に数回だけ設定された雪の日。寒さが心地いいと、雪と同じほど白くなった頬を膝につけて、誰も遊んでいない公園の片隅でぼんやりと座り込んでいた。

他の子どもがはしゃぐ光景を通りすがりの車の中から眺め、あれほど遊んでみたいと願っていた公園は、寒く、寂しいだけの場所だった。

夜の公園には誰もおらず、何の音も聞こえない。今日この日、皮肉にも己も誕生日だったレオハルトは、生まれた日に死ぬのも悪くないのではないかと思った。

死ねば、きっともう寂しくない。なんにも悲しくない。どうせ誰も迎えになんて来てくれない。いなくなったほうがいいんだ。そのほうがお父様もお母様も喜んでくださる。きっと笑ってくれる。

一度だってレオハルトに笑いかけてくださることはなかったけれど、レオハルトがいなくなればきっと、初めて、よくやったと褒めてくれる。

ふわりふわりと柔らかな動きで深々と降り積もる白い雪が、最後に見る景色だ。

そう思って目を閉じたレオハルトを、何かが揺さぶった。もう開きたくないと思った目蓋をゆっくりと開けたのはどうしてか、自分でも分からなかった。

二人の年上の少年が、何かを叫びながら自身のコートを脱ぎ、レオハルトを包んだ。マフラーに帽子、手袋、全部二重に巻かれた。他者の体温に抱きしめられて初めて、さっきまで心地よかった寒さが衝撃となって身体を襲う。

がたがた震える頬は静かな少年が包み、動かない足は口の悪い少年が包んでくれた。足なのに、口を近づけて息を吹きかけてくれる少年の髪で、青いリボンが揺れるのをぼんやりと見つめていると、ふいに泣きたくなった。

けれど、年上の二人が泣いていたので泣けなくなった。何が悲しいのかぼろぼろ泣くから、思わず慰めてしまった。

二人の少年は目と鼻を真っ赤にしながら、誰かにあげるつもりだったのか綺麗にラッピングされたケーキをレオハルトにくれた。フォークがないと言えば、手掴みでいいよと笑われた。

幼い身で死が一番の幸福に見えたあの日、泣けないレオハルトに代わって泣いてくれた『お兄ちゃん達』は、実兄だったのだ。

「……そっか。あれ、あんたらだったんだ」

音を立ててエレベーターの扉が開く。その先へと続く長い廊下に、自動で照明がついていった。その廊下を進んだ先には大きな部屋があり、等間隔に整列したスーパーコンピューターが陣取っていた。

ユズリハはすぐに駆け出し、そのうちの一席を陣取った。常人外の速度で打ち込み、インカムに言葉を羅列している。あれだけ指を動かしているくせに、足らないとばかりに音声入力もするつもりらしい。当然のように引っ張り出されたアクアもその隣に並び、双子も二人で一つのコンピューターを陣取った。一人だとそれほどではなくとも、二人揃えば並のハッカーでは手をつけられない暴れん坊と化す双子なのだ。

ルドルフはすぐに腕のいい社員を協力態勢に入らせた。指示を出している二人の背中を、レオハルトの指が軽くつつく。すぐに振り向いてくれた。

何の衒い(てら)もなく当たり前に向けられた動作が、ひどくくすぐったかった。

「ん？」

「どうしましたか？」

「…………俺、成人した、から」

「ああ、おめでとうを直接言いたかったんだけど、受け取ってくれるか？」

「………自分の意思で、戸籍の移動可能なんだけど」

兄二人は動きを止めた。フリーズした。瞬きすらしていない。

再起動は次兄が先だった。歓声を上げ、長兄を揺さぶる。

「嗚呼っ、レオ、レオハルト！　兄さん、呆然としないでください！」

何度も反芻してようやく、ルドルフも起動した。

「レオ……本当に？　帰ってきて、くれるのか？」

レオハルトは顔を赤くして、そっぽを向いた。

「でも、返品すんなよ⁉　今はよくても状況変わったらまた捨てるとか、なしだかんな⁉　金払わないから愛着ないとか言うなよ⁉」

「当たり前だ……嗚呼、レオハルト！」

二十代後半に突入した兄二人に挟まれると、レオハルトは軽く命の危機を感じた。

けれど、自分の存在を手放しで喜んでくれる存在がこんなにも嬉しいと知らなかった。持ったことがなかったから、この安堵も想像できなかったのだ。

条件なく認めてくれることが当たり前で、捨てると鬼畜と評される。そんな共にあることが常識として確約されている絶対の存在を、レオハルトは信じてみてもいい気になった。

幼い子どもみたいに喜んでくれる兄達を見て、レオハルトの心は恐る恐るでもそう思う。

アクアに視線を向ける。互いをその位置に置いていた二人は、既に終わりが決まっている。ユズリハは頬にまで死斑を広げていた。

何も変わらぬ様子で笑うアクアは、どれだけの気力を要しているのだろう。間に合うことは幸福だ。どんな思いで口にした言葉なのだろう。

自分は間に合ったのだろうか。取り返しがつかなくなって後悔する前に、逃げていた臆病な子どもは、一歩踏み出せたのだろうか。

＊＊＊

ロキの名は伊達ではない。

そもそも自称でなく他者の評価で成り立つ世界だ。伊達のはずがない。他のメンバーがついていくのも必死の中、それらへ何のフォローもなくユズリハは先陣を突っ切った。

情報の海を己が世界とする。数字と文字の羅列、瞳だけがぐりぐりと動き、宙に散らばった画面はついては消えてを繰り返す。瞬地移動禁止区域設定システムの完成、システムを組み込む配置予定地の制圧。アクア以外のメンバーは、ついてくるだけで精一杯だと分かっていたが、時間がない。

精一杯であろうとついてこられているのなら止まる理由はなかった。

しかし、ほんの少しだけ視線と意識をアクアへ向ける。アクアは、学生時代ユズリハと宿題の争奪戦を繰り広げていた頃より洗練された指使いをしている。パイロットとして軍人をやっていれば、当然あの頃のようにキーボードを叩いている時間はなかっただろうに。

アクアは酷使した指を軽く振り、細く長い息を吐いた。疲れは見えているが、ついてくるのに精一杯には到底見えない。

ユズリハは、そこに確かに自分の知らないアクアの時間を見て、少しだけ目を細め、すぐに意識を戻した。

その後、一旦離れた双子とレオハルトは、地下の一室に人工臓器生成機器を設置していく。設置が終わった頃合いで、ユズリハはそっちの確認作業へと入った。

調整液の状態も良好。使えずとも電源を入れ続けていたことが功を奏した。不純物も混じっていなくてよかった。

機器の横にはベッドが一組設置され、エミリアが横になる。それを見て、ルカリアが慌てた。

ユズリハは自身の目頭を揉みながら、ルカリアを促す。

「ルカリア、早く脱いで調整槽に入って。私、他にもすることあって忙しいんだなぁ」

青褪めたルカリアは、泣きそうな顔でユズリハに縋りついた。

「なんで、エミリアから何をとるの！」

「血液を君と循環させる。これ、液体系と生殖器官系は作れないんだ。だからそれ系の病は解決できない。ほら、急いで」

ルカリアは真っ青になった。自分の心臓の位置を握りしめる。

「僕はエミに渡す物があるけど、エミから奪っていい物なんて一つもない！」

泣きそうに叫ぶ弟の胸倉を掴んで、エミリアは額をぶつけた。いい音がして、ユズリハは思わず首を竦めた。

「お前からはもう貰った。お前は尊い心をくれたじゃないか。何より価値あるものだ。だから僕はお返しを渡さないといけないけど、血液くらいしか需要がない。お前がくれた尊いものは、僕の心だけじゃ足りないんだよ」

全身全霊の心をくれた。幼いからこそ純粋な想いに、エミリアは報いたい。血液といわず、取れるものは全部持っていってほしい。それで弟が助かるなら惜しいものなんてない。

エミリアは兄だ。兄弟の始まりがどうであれ、誰がどう言おうが、兄なのだ。世界でたった一人の弟が助かる方法を、躊躇う理由がどこにある。

「ルカリア、早く入って。アクア達もやり方覚えて。これだけじゃ終わらないんだから」

一日二日で終わるはずがない。初めは頻繁に、回数は減っても、少なくとも彼らが三十を超すまでは常にだ。そこから減るのか増えるのかは、誰にも分からない。

そしてどうか、全てが終わった後は完全なる廃棄を。

父母が半生懸けて一生を終えた集大成を、塵も残さずこの世から消してくれ。

そう言って、ユズリハは小さなメモリをアクアに渡した。ここに全てが入っている。ブループラネットの内部情報も、データの座標も、ユズリハが知っていることは全てここにある。

語るには時間が足りない。伝えるには感情が追いつかない。だから、ここに置いていく。全てを託すと、ユズリハは言う。ユズリハはその相手に、アクアを選んだ。

開いたアクアの掌に乗せたメモリを覆い隠すように、ユズリハは両手を重ねる。

「………押し付けてごめんね、アクア」

「散々俺の宿題を奪っておいて、何を今更」

軽口を叩いてこつりと額に拳をつけると、ユズリハは困ったように笑った。

アクアも笑う。昔と同じ顔で笑えていないと分かっていても、それ以外の感情を表に出すわけにはいかない。

ぐっと握りしめた小さなメモリは、とても重かった。


ユズリハは一度だけゴルトアと通信を開いた。軍の専用通信で厳重に守られた中、互いの作戦を確認し合う。

軍の方針を確認した後、頷いた。

「残してきたウイルスが役に立つでしょう。承認が必要ですが、アクアが向かうなら問題ありません。作動すれば警備もただの鉄屑だ。残るはコピー兵士と、僅かな生き残りだけです。兵士は中のチップを狂わせるので、まともな動きはできなくなるでしょう。磁場嵐はスパコンを揃えて、人工星中のハッカーを集めてください。軍だけじゃ無理です。私一人の侵入を呆気なく許したんですから。まあ、システム創設者が私だったこともありますが、それでも足りません。罪状を軽くするだの身分隠していいだの適当に言って集めてください。正直、磁場嵐さえなければ勝てない相手じゃありません。敵の頭脳はマザーだけです。他のどの人工星に無理でも、この人工星ならできます。第五人工星は人の叡智が始まる場所ですから」

ゴルトアは最後まで厳つい顔を崩さなかった。画面上の少女は、死斑に侵された頭を下げる。

「ミスト家を代表して謝罪します。惑星を混乱させて申し訳ありませんでした。全員の死亡を贖いとしていただきたい」

死者に鞭打つ必要はない。

彼女は充分贖った。最早言うべきことは何もない。

『ご苦労だったな。ゆっくり休め』

重厚な声と表情とは裏腹に、最敬礼を向けられたユズリハは泣きそうに笑った。


作戦は至ってシンプルだ。

掻き集めたハッカーと軍情報部共同で磁場嵐を解除する。

〝天然〟要塞を破壊すれば、ブループラネットは他の人工星と同条件どころか、人がいない分それ以下となる。

ほとんどを機械に頼っていると分かれば対処の仕方も変わった。そのままサイバー攻撃を仕掛ける。磁場嵐の影響でどこまで第五人工星に近寄っているのか判断をつけられないが、ユズリハの話では、下手をすると移動時間一月分すら離れていない可能性があるとのことだ。巨大な建造物の移動がその程度の時間で到達するのなら、もうどうしようもないほど近づきすぎている。

敵はあれからも断続的に兵を送り込んできていた。ユズリハのシステムにより、人工星内部と近距離宙域への移動は制限されたが、兵士の疲労と健康を考えない無理な遠征が可能ならば、いくらでもやりようがある。

送り込まれる過程で大半が壊れて使い物にならなくなっていたが、機体はほぼ無傷だった。尋常でない数の機体が生産されているのだ。

厄介なことに、それらが自動操縦に切り替えられていた。〝中身〟は相変わらず〝破損〟している。それなのに送り込み続ける。機体だけで充分戦闘ができるにも拘わらず。

成功するまで実験は続くと、ユズリハは平然と言った。戦争と研究を同時並行する。合理的に物事を進める。実に機械らしい考え方だ。

ルカリアの容態は良好だ。生とは呆れるほど単純だ。諦めれば急速に死へと向かい、光明が見えればあざといまでに生にしがみつく。だからこそ貴く愛おしい。

エミリアはほっとしていた。一回の治療で死斑は目に見えて薄くなった。透析のように、これからずっと付き合っていく治療だ。希望が目に見えたほうが苦痛は少ない。

移動を続けていたユズリハという捕獲対象が一ヶ所に留まった。ブループラネット側としては、この機を逃すわけがない。

一気に激しくなった攻撃に、ユズリハ達は再び地上へと戻った。銃撃戦において、軍人の有無は大きい。社員も共に自警団に交ざり、ルドルフの姿もそこにあった。

ひょいひょいとシャッターを開け、敵が来たら閉めて閉じ込めるユズリハとアクアに、ルドルフは苦い顔を向ける。

「自分ちみたいに簡単に乗っ取らないでくれ。これでも軍と同じシステム使ってんだぜ」

「兄さん、無駄だって。こいつそれ作った奴で、先輩それ破った奴だから」

「………………兄さんと呼んでくれて嬉しいぞ」

同じ顔を殺し続けながら、アクアはふと足を止めた。敵の増援はもうないが、既に送り込まれた部隊全てがここを目指している。留まることを知らない相手に、自警団の疲労は濃い。

「……ユズリハ？」

そんな銃声飛び交う中に、幼馴染を見つけられない。

「先輩、奴らが移動します！」

返答する必要はなかった。敵兵は急にアクア達に興味をなくし、ぞろぞろと移動を始めていた。撃ち殺されても止まらない。熱に浮かされたように上を目指している。

「……上階には何がありますか」

「普通のオフィスしか……屋上にはヘリポートくらいだ。特殊なものは本当に何もないぞ」

嫌な予感が、した。

開けた屋上に、少女が一人立っていた。給水塔が設置されている一段高くなった場所で髪を靡かせている。

衛星から見えるようフードも外し、輝く赤銅色の髪を靡かせ、心地よさそうに目を細めた。無造作に銃を握った手は、力なく垂れている。

「ミスト博士、お戻りを。博士、研究を続けてください。博士、これが最終警告です」

集まった同じ顔の敵兵が揃えた声など気にも留めず、舞台上のように声を張り上げた。

「見えるだろう、マザー！　ブループラネットを支える、有能なだけの木偶の坊！」

テレビ局のヘリが飛び交おうが、軍用ヘリが飛び交おうが気にも留めない。ユズリハが見ているのは人工星を越えた先だ。

「そこで指をくわえて見てるがいいさ。楽園に帰るのだと夢現な馬鹿共を抱いて、そいつらと一緒に絶望すればいい！」

高々と宣言する様は、終焉を定めた魂の叫びだった。

「やめろ……」

アクアの口から、か細い悲鳴が漏れた。

「やめてくれ、ユズリハっ……」

ユズリハは背を反らせ、空を仰ぎ見る。細い死斑だらけの身体を資源に、命を燃やす。

「私が最後だ！　最後の元兇だ！　世界にとっての災で、お前達にとっての希望を、私が潰やす。お前達の願いは永久に叶わない。私は命を、お前達は絶望をもってして世界に贖え！」

　死斑だらけの手を赤く透かせて、陽光を眺める。

目も晴れる青空は、人工的な空だ。

　その昔、人類が母星にいた頃、天災というものがあったそうだ。地震、台風、洪水、雷、竜巻、土砂崩れ、大雪、津波。

　管理された人工星内に制御できない災いなどあり得ない。ひたすらに穏やかで、安穏とした生活環境。全てが統制され管理され、一片も無駄なく再利用されて循環する、独立した人工星。

は、と、小さな息が漏れる。うまく息が吸えない。

　不思議と苦しくはない。苦痛を司る神経が麻痺しているのかもしれない。

　どす黒い染みが浮かび上がった醜い手。罪の証。躊躇いなく繋いでくれたアクアを思い出し、自然と口元が緩ぶ。

　近くにいるのに触れられないのは罰なのだ。当然と理解していて納得済みのことだ。だから、こんなにも穏やかだ。

　ごめんね、私達の第五人工星（ふるさと）。生まれてきてしまってごめんね。私達の脳は、存在してはいけなかったね。生まれてきてしまってはいけなかったね。

　それなのにとても幸せで、本当にごめんね。

　幼い彼の声が聞こえる。今度は今の彼の声。大好きな声が重なり合って、ユズリハを呼ぶ。

逢いたくて堪らなかった。逢えるわけがないと思ってなお、心は勝手に彼を求めていた。

「こんなっ……一人でなんて、許さないぞ！　ユズリハぁっ！」

もう何も見えない。何も聞こえない。生命活動に必要な機能が死んでいく。

終焉は既に決まっていた。緩やかに銃口を持ち上げる。それだけで全力を尽くした。

繋がったまま死に逝く許可をくれた人。彼には苦しみしか遺らない選択を、強引に押し付けてくれた青。

優しい優しいアクア。

かつて、青い星にあった巨大な命の器。

ユズリハの、青。

「…………幸せだったよ、父さん、母さん。貴方達はどうだった？　私は、アクアがいるから、なぁんにもこわくないよ――……」

涙腺は既に機能を停止していて、涙は流れなかった。

＊

命の終焉にはあまりに、あまりに軽い音がして。

脳を撃ち抜いたユズリハの身体はぐらりと傾き、アクアの腕の中に落ちてきた。

軍人として鍛え上げられたアクアに受け止めきれぬはずもない軽い身体だ。それなのに、アクアは少女を受け止めた勢いのまま座り込む。

既に力も命も喪った手足が、重力に従って揺れる。呆然とした虚ろな瞳のまま、少女の身体の一切が地面につかぬよう、己の中に抱きしめた。

薄く、細い身体だった。薄い肉の下で歌う鼓動と、体温だけが生の証であったのに、最早それすら喪われた身体はただの肉塊だ。

力の限り揺さぶって頬を張り、目を覚ませと怒鳴りたい。けれど、アクアにはできなかった。疲れきり、やせ細った身体を目覚めさせるなんて酷なことだ。

アクアの涙が伝い落ち、まるで彼女が泣いているようだった。

「……ずっと頑張ってきたから、もう疲れたよな。ゆっくり休めばいい。ゆっくり、誰にも邪魔されず、ご両親といればいい。何も心配するな。お前の心残りは全て俺が引き継ぐから、安心して眠っていいよ」

幼い頃共に眠ったあの日のように、頬に口づけを落とす。怖い夢を見なければいい。

願いを込めて瞼に。ああ、どうか、君の眠りが穏やかなものでありますように。

祈りを込めて額に。もう誰も、二度と君を害したりしないように。

ユズリハ
ユズリハ
ユズリハ
『アクア！』

ユズリハ
最後の祈りは、もう二度とアクアを呼ばない唇へと。

たった二回の口づけと思い出だけを抱いて、アクアは進むのだ。喪失感と絶望を彼女がいた場所へと据え、幸せにならなくてはならない。

そう、ユズリハが望んだのだから。

「………おやすみ、ユズリハ。またいつか、彼岸で逢おう」


享年十六歳。

ユズリハ・ミストは、短すぎる生涯を。

二度、終えた。

第五章　再生

ゆらりとアクアの身体が傾ぐ。

握ったナイフはぶれることなく敵兵士の首を一線の下に抉った。手加減など欠片もない。誰かが手を出す暇も与えず、全て殺し尽くすまで止まらなかった。

ユズリハが最期まで愛した青は、撒き散らした赤だけを写し取る。

真っ赤に染まった瞳から止めどなく流れ落ちる涙さえも染め上げ、また一人、同じ顔の赤を撒き散らした。


ユズリハの遺体は、本人の希望通り燃やした。

時間がないのは分かっていたが、遺言だった。精神だけのユズリハは記憶と知識を持っていた。つまり、脳に記憶が複製されていたともいえる。

今は精神が揃わなければ引き出せないが、いずれ取り出す術が見つけられるかもしれないと危惧してのことだった。

アクアはどこまでも忠実に、ユズリハの遺言を守った。

スザクの入り口で、聞き覚えのある声がアクアを呼んだ。長い髪を靡かせたオリビアだった。父である議員と共にスザクを訪れ、人工星襲撃で戻れなくなっていたのだ。

今は何の話にも付き合えそうにない。アクアは一言断り、先を急いだ。

「お急ぎなのは承知しておりますが、その、ユズリハ様のことでご相談が」

思わず、足を止めた。

「彼は妙なことを仰って……自分にできるのはここまでだと。なんだか、まるで、あのまま消えてしまいそうで……わたくし、不安で」

オリビアは整えられた眉をぐっと寄せた。アクアを見上げてはいるが、意識を向けているのはあの日のユズリハだ。

「ミス・ルーネット。もしもユズリハが女性だったらどうします?」

「どういう、意味ですの?」

「そのままの意味です。ユズリハは男でなく女性で、性別を隠していた。どう思います」

質問の意図が分からないと、オリビアは疑問をそのまま顔に出した。貴族階級に執拗に求められる、相手の意図を汲み取って返答する習慣がついているオリビアだったが、アクアの意図が全く理解できないのだろう。

やがてオリビアは両手を合わせて、夢見るように微笑んだ。

「……素敵。よろしければお友達になっていただきたいわ。あの方、ルーネットの名前なんてちっとも気にされませんの。わたくしをそんなもので判断したりなさらなかった。わたくし、嬉しくて。……あの方と過ごす時間は、とても心地よかった。発言を利用しようとなさらず、あるがまま応えてくださった。本当に嬉しくて、もっと仲良くなりたいと思っていましたの。恋愛ではありませんわよ？　わたくしが好きなのはあくまでアクア様ですもの。ユズリハ様が女性でしたら、きっとよき好敵手になれましてよ？」

ユズリハと出会った幼い時分、アクアもそう思った。

アクア自身でしか判断しない〝彼〟の存在が嬉しくて、貴重で、幸福だった。嘘のない笑顔を向けてくれる友に、紛れもなく惹かれていた。

今更気づいても、もう遅いのだけれど。

きっと気が合うよ。笑った友の顔が浮かぶ。本当だ、気も合うだろう。同じように救われた身だ。自由な〝彼〟に憧れた者同士だ。

「……あいつを好ましく思っていてくれたのなら、どうか覚えていてやってください。あいつがいたことを。どんな奴だったかを」

出逢うはずのなかった彼の人を。潰えた中で得た出逢いを。夢のように現れて、雪のように消えた光色した人を。

過酷な生の中で最期まで精一杯生きた、アクアの大切な人を。

オリビアは息を飲んだ。はらりと美しい涙が流れ落ちる。

くしゃりと顔を歪めて子どものように声を上げる、外聞をかなぐり捨てた姿。ただただ悼むその声に、純粋な死者への悼みに、アクアは心から感謝した。


「さすがに名だたるハッカーがいるなぁ。シルバーウルフにヒドラ、赤い雷神に……ユグドラシルはいないのか。名札がシュールだなぁ……マリリン男かよ。繊細かつ美しいプログラムで男性ファン多かったのに……ごついな、おい。筋肉隆々だ」

「お前こういうの大好きだものね。外で遊ぶのも好きだけど。今度また遊園地行こうね」

「いいの⁉」

「いい子にしてたらだけど」

ぱっと輝いたルカリアに飛びつかれ、エミリアは支えきれずにひっくり返った。

戦闘員はパイロットスーツに着替え、自機の前で待機中だ。作戦が実行されて二時間、モニターで様子を確認することしかできない。

「どう見る、ヒノエ」

「芳しくありませんね。さすが旧第七人工星が作ったマザー。第五人工星中のスパコンを投入して互角ですか。元々ハッカーは個人主義です。彼らを統率する要が必要ですね」

「……お前それ隊長に言うなよ。巨大鍋振り回して恐怖政治始めるぞ」

「……ああ、ありましたね、それ」

人工星の危機とあって、ハッカー達は比較的好意的に集まったものの、軍とは犬猿の仲。互いの疑心とぎこちなさを目立たせながらも、情報部も一目置いている腕を遺憾なく発揮している。

それでもマザーで統括されたブループラネットの一枚岩はぶれがない。

第五人工星一丸となってのプロジェクトは、あまりに時間も準備もない中で進めざるを得なかった。

不意に格納庫が騒がしくなる。

「食い破られる！　何やってんだ、情報部！」

敵の攻撃が磁場嵐を越え、第五人工星に覆いかぶさった。

「向こうが上手か！　双子お前らも行け！　戦闘員も腕に覚えのある奴は全員走れ！」

ゴルトアの怒声に走り出した該当者の中に、アクアもいた。

アクアは部屋の一番手前で画面に齧りついていた情報部から席を奪い取る。文句を言おうと口を開いた情報部員は、呆気にとられた。

戦闘員の指が滑るように動く。早い。早く、正確だ。

枝を張るように攻撃を受け止め、探るように磁場嵐に根を張った。それはどこにでもいた。どこまでも根を張り、枝をしならせる。

よって人々はこう呼んだ。

「ユグドラシル……？」

ロキと並ぶ、ハッカーの神様。

世界樹の名を持つ少年は、小さく息を吐いた。


「よくやった！　あとでちょっと職員室な！」

「どこが職員室に当たりますか。また査問ですか」

「お前罰したらハッカー全員捕まえなくちゃな。よくやったよ」

ホムラは複雑な表情で笑った。

ユグドラシルはハッカー達を導いた。根の先で探り当て、繁らせた葉で覆い隠し、しなった枝で弾く。

そうして全てを知る生命樹の大木の名を欲しいままに、磁場嵐を消滅させた。

ロキほどの派手さも目新しさもない。どこまでも真面目と思えるほど誠実なハッキングで有名な彼は、黙々と磁場嵐に打ち勝った。

伝説の二神の片割れを一目見ようとハッカー達は群がったが、情報部も多数交ざっていたのはどういうことだ。アクアは眉を顰めた。

「見事なものですね。ロキとはどちらが強いでしょう」

際どい質問に、アクアは素直に首を振った。

「アカデミーに入ってからは手を引いています。先日の件で少々指慣らしした程度で、せいぜい全盛期の七割、よくて八割です。現役とでは歯が立ちません」

平常通りのアクアに、後輩が好奇心丸出しで手を上げた。

「質問です。先輩達の宿題争奪戦はどんだけ高レベルだったんすか！」

アクアは少し考えた。とりあえず全力だったとしか言えない。

ロキを鍛え上げたのはアクアだったけれど、ユグドラシルにしなやかさを与えたのはロキだった。

「問題はブループラネットですが……さて、どこまで進軍してきているのやら」

ブループラネットの位置が把握できなくなって三年。位置によってはすぐに戦う必要がある。誰もが息を殺し、磁場嵐の溶けたモニターを見遣る。

同時に、引き攣った悲鳴が上がった。

ゴルトアは壁に拳を叩きつけ、へこませた。

「やってくれるぜ、くそやろう。近距離衛星から視認できるか！」

総員戦闘準備、直ちに出撃せよ！

どすの利いた声に、戦闘員は踵を打ち鳴らした。


思ったよりもずっと近く、シャトルで飛んでも二週間かからない距離にまで、ブループラネットは位置を変えていた。本腰入れて第五人工星を落としにきていたのだ。

ゴルトアは舌打ちした。奴らの目的が分からない。ユズリハの情報を信じるなら、奴らは人口のほぼ全てを失っている。その上で他人工星を襲撃し、第四人工星を落とし、一体何をしたいというのだ。

分からないが、分かるまで待つ時間はない。目に見える脅威を排除する。話は全てそこからだ。

敵は既に人工星一つを落とし、他の人工星を飲み込んだ。人類史上最悪の非道を行った相手を目前にして、日和見などしている暇はない。

終わった後にゴルトアの首は飛ぶかもしれないが、それならそれでいい。飛ぶ首が残っているのなら、部下の命も残っているはずだ。

これまでに、亡者どもの願いの為にどれだけの者が犠牲になったのか。

「……少し、違うか」

ユズリハを犠牲にしたのは亡者だけではない。死者も生者も彼女から奪い、害した。死してなお終われない罪を背負わせた。

ミスト家に罪がないとはいえない。理由はどうあれ、恐ろしい物を世に生み出してしまった。偉業でなく罪となったのは、彼女の責ではなかったけれど。

ゴルトアは悼む為に瞳を伏せた。

強大な力に翻弄された少女の生は、幼馴染との再会で救われただろうか。

そうならいい。短い生涯の大切な数年間を地獄の中で過ごした少女は、孤独に死んだ。限りある偽りの生でも微笑んで逝けたのなら、少しは救われる。

今はまだ祈る言葉も時間もない。

ゴルトアは慌ただしい格納庫に負けない怒声を張り上げた。

軍全体が雄たけびを上げ、人工星内からは人々が空を見上げた。ずっと戦ってきた軍人の存在を久しぶりに思い出した人々は、祈るように偽りの空を見上げた。


機体に乗り込もうと足早に移動していたアクアは、背後から呼び止められ足を止めた。

会話をしなくなって久しい。それがいつからかすら記憶にない。

いつもなら足を止めない。それでも足を止めた。それが彼女の願いだからだ。

テレビで見るより幾分歳をとった印象を受ける。それでも記憶にある厳格で厳めしい父が、そこにいた。

「父さん」

挨拶も相手の用件もどうでもいい。全てを許せるほど大人ではない。全てを信じるほど子どもではない。父への信頼は既に潰えていた。

それでも、潰えたそこにユズリハが再び植えたものがある。それを枯らしたくはない。ユズリハが残したものを、何一つとして蔑ろにしたくはなかった。

「母さんとウォルターを愛していましたか」

同じ言葉を、葬儀の前にも発した。あのとき、応えはなかった。

惑わぬ息子の瞳を、ジェザリオ・ガーネッシュは静かに見返した。妻によく似た息子は、いつの間にか身長を伸ばしている。

ジェザリオは先日届いたメールを思い出し、嘆息した。今となっては遠い昔としか思えない穏やかな過去に、息子の傍をうろちょろしていた妻の気に入りの子どもからだった。

「お前と同じほどに」

青い切れ長の瞳が見開かれた。

そこに妻の面影と、ようやく見つけ出した幼さに、ジェザリオは久方ぶりに。

小さく、ほんの僅かに、笑んだ。


蜘蛛が糸をつけて大量に飛び出すように、数え切れない敵兵がブループラネットから直接排出されたと同時に、第五人工星軍も出撃した。

それらに紛れてアクア達も出撃していたが、目的は違う。

彼らは敵兵の撃墜、殲滅をミッションとする。アクア達はブループラネットへの潜入、場合によっては破壊を任務とした。

左右に双子を連れ、第四、五小隊に囲まれている。アクア自身は常にパネルをチェックし、指を動かしつづけていた。

ハッカー含む情報部も、磁場嵐を失ったブループラネットへの攻撃を開始している。一つ食い破り、二つ食い破り、防御壁を張るマザーに全力で食らいつく。到達できずとも、相手の処理容量を喰えるのであれば上等だった。

アクアが操るのは自機だ。あくまで自分の機体に内蔵されているシステムでのハッキングでも、ユグドラシルの名は霞まなかった。

ユズリハがマザーの中に点在させて残した痕跡を足掛かりに、内部に食い込んでいく。他者では見つけられないものを、アクアは光のように簡単に拾い上げていった。

『ブループラネット捕捉！　左舷に第十二人工星をつけています！』

アクアはゆっくりと視線を上げた。アップにされた映像が視界いっぱいに広がっている。青い瞳が宇宙を映し、暗く色づく。

あれが、ユズリハに罪を擦りつけた牢獄だ。

「ユズリハ……お前の憂いを果たすよ……俺には、それくらいしかしてやれないから」

もうどこにもいない幼馴染は、子どものような泣き顔を浮かべるだけだった。

ブループラネットが肉眼で捕捉できるほどに接近すれば、人工星からの攻撃も激しくなる。全員、まだかなど無意味なことは口にしない。

アクアが全てを費やしてこの戦争に挑んでいるると、誰もが知っているからだ。

『パスワード画面が現れました』

「こちらも確認している」

『解析入ります』

浮き足立ったイヤホン越しの本部の声を、アクアは静かに遮る。

「必要ない」

頭に疑問符を飛び交わしているであろう本部を無視してイヤホンを取り、会話を打ち切った。

視線の先では、小さな折り鶴が緩やかに揺れている。

本に載っていた折り紙というものを、二人で試した。昔、青い星の島国で行われていた遊びだという。四角い紙が幾百にも化ける様は、何度遊んでも飽きることはなかった。

嘴（くちばし）から文字を浮かばせて、鶴は揺れる。

【合言葉は？】

「お前はいつも【忘れた】だった」

【タルトにミルフィーユに】

「【アップルパイ】その三つで、お前いつも悩むんだよ」

【ホップステップ】

「【ダイブ】何度も言うけど間違ってるからな、それ」

【位置についいて！】

「【よいどん】で出発するのはずるいぞ」

【手摺りは滑る物。黄色は急ぐ物。宿題は】

「【奪う物】お前ちょっといい加減にしとけよ」

【誕生日プレゼントに可愛いワンピース買ってもらうつもりなんだー】

「【どんな趣味でも僕は構わないが、ひとまずご両親には相談しておけよ】……悪かったよ」

【最初は】

「【パー】だから、ずるいからなそれ」

【やっほーい！】

「【飽きた】んだな」

淀みなくパスワードを解いていく。

彼らの日常が暴露されていく。これはアクアでなければ解けない。そう、誰もが思った。

なんて楽しそうな、確実に楽しかったであろう彼らの日々。

ぴこん。

場違いなほど明るい音が現れた。二人で散々遊んだゲームのスタート音だ。

浮かんだ文字に、こんなときだというのに目頭が熱い。泣きたくない。みっともないなどと、そんな理由ではない。

彼女のいない場所で泣きたくない。泣く場所をくれた彼女を失った今、泣ける場所など要らない。

要らないのに。

【ありがとう。ばいばい。私の大好きな、惑う星の解決法！】

無機質な文字だけで、恋しさと愛しさが溢れ出して、どうしようもなかった。

「ユズリハっ……！」

苦しくて、息もできない。

無理やり飲み込んだ痛みは、胸を焼きながら深く深く沈んでいった。


猛攻が嘘のように静まり返る。

ブループラネットは従順な配下のように入り口を開き、アクア達を招き入れた。豹変した敵に躊躇いを見せた人間は多かったが、アクアは用心一つせずにブループラネットに乗り込んだ。

ユズリハが全力を懸けた。信じない理由がどこにあるというのだ。

しかし、躊躇いなく突入して戦闘機を降りたアクアは動きを止めた。

一人の少女が立っている。

少女は、白い一枚布で作られた衣服を着ていた。髪は剃られ、頭には大きく生々しい傷跡が無数に這っている。

異様な立ち姿にぎょっと息を飲んだ仲間の中で、アクアはそんなもの見てはいなかった。

「ユズ、リハ」

その顔は、失った幼馴染と同じだった。

「これはタイプB型98号機です。オリジナルの指示により、これが案内します」

淡々と言い放ち、ユズリハの顔をしたコピーは裸足で歩きはじめた。

人間の気配が極端に少ない施設の中を、機械だけが静かに作動している。ユズリハのウイルスは、アクア達に無害な機械には関与しないらしく、それらは通常通り作動していた。

清掃ロボットは小さな作動音だけで、大して汚れてもいない廊下を丁寧に磨き上げていく。

「君は、わたし達が来ることを知っていたのですか？」

一応周囲を警戒しながら、ヒノエは痛々しい傷跡を気にも留めない少女に尋ねた。アクアは強い衝撃に言葉を発せなくなっている。

「知っていたのはオリジナルです。これはオリジナルが作ったチップの通りに動いています。チップは壊れる前に次に移し替える。これらに意思はなく、見張りはない」

少女の頭には、乱雑に縫われた縫い傷が縦横無尽に走っていた。自らの手で頭を裂いてチップを移し替えたと事もなげに言ってのける。

清掃ロボットがゴミを運ぶ。人間が排出したゴミをシステム通りに処分する。運ばれてきた物を見て、レオハルトは吐き気を催した。

白い手足が重なって、長い赤銅色が絡まっている。オレンジ色の髪を垂らした青年がごろりと転がり落ちていく。虚ろに開いた伽藍洞の瞳は輝きを完全に失っていた。

かくりと首が傾き、脳が零れ落ちたとき、レオハルトは耐え切れずに吐いた。すぐに清掃ロボットがやってきて床を磨く。

「あれは、何だ」

喉を震わせることでようやく言葉を絞り出したホムラに、少女は淡々と答える。

「廃棄物です。これも明日にはああなります。よってあなた方が現れなければ、本日中に次に移し替える予定となっていました」

湧き上がるものが、嫌悪なのか憎悪なのか分からない。

ホムラにとっては、出会って間もなく死んでいった少女だった。ほとんど何も知らない相手だ。それでも、あんな目にあわなければならない罪を犯したのだと、どうしても思えない。

山となった死体は全て同じではなかった。目の前の少女のように髪を剃られたものから、足先まで伸ばしたもの。様々だった。

「オリジナルのコピーは幾通りかに分けて使われます。これのように実験用、雑務用、玩具用に分けられます」

「玩、具」

「普段はこの部屋にしまわれています。ご覧になりますか？」

誰もが、自分が思うより悲惨な光景が目の前に広がると予測し、覚悟した。自分が抱える常識では及びもつかない光景が、既にここにあるのだから。

開かれた扉の中は思ったよりも広かった。暗い部屋に足を踏み入れてすぐ、何かが足に触れる。

それは紫や黒を斑に散らせた、白い腹だった。

「やめて、ぶたないで、ごめんなさい、ごめんなさい、ごめんなさい」

少女達は頭を抱え、身を寄せ合っている。頬は腫れ上がり、眼球が潰れた者もいた。足がおかしな方向に折れ曲がり、爪は剥がされている。

動けない身体で寄り添い、ずるりと引きずり、入室者の為に道を空けていく。

「明かりをつけます」

淡々とした声と共に、奥まで広がった部屋が煌々と照らされた。

アクアは思う。人間とはこうまでも穢らわしいもので、醜いもので。

ならば存在しなくてもいいのではないだろうか。

今までの出会いや、今なら分かる恵まれた人間関係全てをかなぐり捨て、一瞬、本気でそう思った。

「手前が『燃えるゴミ』。奥が『犬』となっています。嗜好に合わせ数タイプに分けて『飼育』されています。『犬種』は」

淡々と少女が告げていく。

「もう……黙ってくれ」

「了解しました」

奥の少女達は髪が異常に長い者もいれば、短い者もいる。服をほとんど纏わず、妖艶に笑って足を開く。媚びるようにしなだれかかり、胸を押しつける。

少女が怯えた目を向ける。自らの身体を掻き抱き、全身で男を恐怖する。長い髪を身体に巻きつけ、少しでも肌を隠し、距離をとろうと震える足で這いずる。

美しく保たれた身体を開き、隠し、涙し、投げ出し、諦め、悦び、恐怖し、微笑み、嫌悪し、少女達はそこにいた。

「たすけて」

ほろりと星色の瞳が涙を零す。

「たすけて」

血の吐息を零す唇が乞う。

「たすけて」

身体を開く美しい少女が、妖艶に微笑む唇をそのままにねだる。

「「ころして」」

教えられたままに男を誘い、少女は微笑む。

「みないで」

「たすけて」

「ころして」

そうして最後には決まってこう言うのだ。

「「アクア」」

祈るように手を伸ばし、少女達は微笑んだ。

「爆薬を持ってはいませんか」

案内役の少女は、アクア達に淡々と問うた。

「……どうするんだ」

「保って十日ない命。それでも望む早急な終わりを、どうか叶えてください」

ホムラは迷った。すぐに朽ちる命だ。作られ、生産された間違った形。

それでも命だ。痛みを持ち、それゆえに死を持つ命。

「使われる為だけに作られました。終わりの自由を、これ達は得たい。これ達は『アクア』を初めて目にし、初めて乞うた。初めて名を呼び、口にした」

装備している手榴弾に手をかけたアクアを、ホムラが止めた。自らの装備から引き抜く。

「やめておけ。お前にはあまりに酷だ」

ホムラの制止を、アクアは感謝と共に断った。


「俺が、渡します」

同じ声、同じ顔、同じ言葉を紡ぐ少女達に近寄る。ブループラネットは研究をほぼ完成させていたのだ。彼らはそうと知らずともだ。

アクアは彼女達と会ったことがない。誰よりもアクアを知り、誰よりもアクアが知っている少女は一人だけだ。

それなのに、彼女達は口を揃える。

「アクア」

記憶は繋がっていた。思い出は共有されずとも、刻まれた想いが繋がっている。

ユズリハの想いの強さに、自分は報えるのだろうか。

「遅くなって、ごめんな」

少女達は嬉しそうに笑う。一人の少女が手榴弾を両手で受け取り、うやうやしく円の中心に置いた。

「だいすき」

誰も確認などしていないのに、全員がそこに頭を向ける。ユズリハの徹底した願いだ。

研究の廃棄を。己が脳の破壊を。コピー達は忠実にオリジナルの願いを守る。

神事を行う神官が如く、崇め奉るように全員が膝をつき頭を掲げた少女達を残し、アクア達は部屋を出た。

扉は完全な防御を誇っていた。部屋を焼け焦がす衝撃を完全に防いでしまうほどに。

「次に参ります」

少女は淡々と促した。

アクアは頷いた。思考はノイズの中で正常に動いている。どこか異常をきたしているが問題ない。

身体も思考も動く。おかしいほど冷静に。

無残な扱いを受けた彼女を見る度、人間として扱われなかった彼女を知る度、歩は進む。彼女の願いを叶えるのだ。彼女の望みを果たすのだ。崩れ落ちるのも壊れるのも、その後でいくらでもできる。

恋しい恋しい親友を害した者共を殺し尽くした後で、いくらでも絶望すればいいのだ。

同じ顔をした兵士が並んでいる。虚ろな瞳のまま動きを止め、身体は傾いでいた。

直接戦闘をしたのはこの顔だけで、彼はブループラネットの象徴だった。

人間の居住区域が近づくにつれて多くなっていく、〝欠損〟〝破損〟した彼らを見る度に思い知る。彼もまた、ユズリハと同じなのだと。

刻みついた思考だけを意味なく繰り返すコピー達。オリジナルではない。けれど全く違うわけではない。彼らは、彼女らは、確かにオリジナルから作られたのだ。

「ミナ……」

酷く殴打された青年は、妹の名を呟き事切れた。清掃ロボットが小さなモーター音を出して片付けていく。

アクア達は、案内されるがままにデータを破壊し進む。

ウイルスはアクアが作ったものを使った。必要あらば物理的にも破壊した。感情を叩きつけ、鉄と同じ強度を持つ合金が歪むほど破壊しても、誰の発散にもならなかった。

人間の姿は見つけられない。マザーの元に逃げたのだ。

目の前の機器に銃弾を撃ち込んだアクアは、ゆらりと視線を向けた。

好都合だ。纏めて壊してやる。


次に少女が開いた扉の先にあったのは、殺風景な部屋だった。

多々あるコンピューターから繋がる配線。ガラス張りの向こうにある何らかの実験器具。人が一人収まるほどのカプセルが数個。白い書類で作られた折り紙があちこち転がっている。

ホムラは眉を顰めた。

「何だ、ここ」

「何らかの研究室でしょう。使用者は少なかったようですが……」

ルカリアは頷いた。

「椅子が少ない。二つしかない。椅子二つに、ソファー一つ、シーツ……」

ルカリアはびくりと背筋を伸ばし、エミリアの手を握った。悪意に晒されてきた彼は、感情の機微に酷く聡い。怯えた瞳が向いた先は、アクアだ。

アクアはざわりと髪を逆立たせていた。

違和感の正体は、あれだけ動き回っていた清掃ロボットが立ち入っていないからだ。

監視カメラ、部屋の隅に固定された枷（かせ）。引きちぎられた髪の毛。

白いソファーにこびりついた、大量の血液。

どす黒く変色した血は、ガラス張りの隣の部屋へと続いている。壁に、掌の跡が残っていた。小さな手は、血を流しながらも責務を果たそうと動いたのだ。

「ここで、ユズリハは死んだんだ……」

血の跡を辿り、一つのカプセルに辿り着く。溜まった血は凝固していた。閉じられた内側に掌の跡はない。救いも求めなかったのだ。

中に輪があった。持ち上げるとぱりぱりと音がした。

「オリジナルの首輪です。反抗的態度を取った際、電流が流れます。オリジナルは反抗的態度が頻発して見られた為、手足にも装着されていました。研究成果が出ない際にも使用されます。時に何もなくとも作動されます。〝執行人〟は笑いますが、オリジナルはまたかと言います。その際、これらは対象外となります。通常〝執行人〟はこれらへ行います。オリジナルの場合作業の大幅な遅れが懸念される為、執行時間が規制されています。人が優越を感じる為に行う下らない行為は、相手が人間に近ければ近いほど悦ばれるものだ、オリジナルの言葉をこれより十七前が聞きました。これだけのことをした後で、暴力が効果的と思ってるところがまた愚かしい。これより六十三前が聞きました。これはオリジナルを見たことがありません。これができる前にオリジナルは逃亡しました。これは一際出来が悪く、これは明日廃棄です」

少女は淡々と語った。

続き部屋はドームよりも広く、中は寒い。徹底的に管理された部屋は、入る前に酷く消毒された。

そうしてアクア達は、それを見た。

眼前に広がるのは、かつて第七人工星と呼ばれた場所に住んでいた人間達だ。脳だけと成り果てた、元人間だったもの。

いつかは甦る。帰ってくる。

待つ者を失った今でも、思いの残骸だけが管理されていた。

呆然と脳の羅列を見ていたレオハルトは振り向いた。小さな声が聞こえたのだ。しかし、髪の隙間から見えたアクアの瞳にぞっとした。

アクアはレオハルトを通り過ぎ、緩慢な動作で強化ガラスに拳を叩きつけた。割れることはないが、鈍い音がガラス全体を通り過ぎていく。

行動の激しさとは裏腹に、声音は酷く落ち着いていた。それが何より恐ろしい。

「こんな物の為に、ユズリハは死んだのか。こんな、もう終わった人間の為に、こんな物のせいで、あいつはあんな地獄を生きなければならなかったのか」

彼女を害した全ての人間は、地獄より深くへ堕ちなければならない。生まれてきたことを後悔し、死んでいけ。死した後も救われぬ業の中、未来永劫苦しみ抜け。

ふらりと動いたアクアの腕を、ホムラが掴んだ。

「何しようとしてる」

「壊します」

「九億七千万の命をか」

アクアの頭は凄まじい速さで動いていた。どこに爆薬を設置すれば効果的に多くを壊せるのか、計算しつづけている。

それができると知っているホムラは、アクアの頬を打った。

視界がぶれ、計算が乱れる。

「元第七人工星の住人達への対処はまだ決まっていない。手を出すな」

「関係ありません」

視界にはホムラを認めていても、思考に入ってこない。

「これは命令だ。軍規違反でお前を処断する権限が俺にはある」

アクアは切れた口元を拭いもせず、歪めた。

「だから、何です」

双子は息を飲んだ。これほどに何かを失った人間を見たのは初めてだった。いつもどこか清廉な空気を纏ったアクアが、なんて濃密な闇を背負うのだ。

「奴らは、ユズリハよりも深い絶望を知るべきです。同等など許さない。生きてきた意味全てを失い、生き残った己を後悔し、全てを無意味として死より恐ろしい恐怖の中で死んでいかなければならない」

彼女を害し、尊厳を奪い、魂に罪を背負わせた。

その責は何より重い。

罪には罰を、報いを、贖いを。

ユズリハは贖った。砕かれ奪い取られ、隠し持っていた僅かに残った人生さえも懸けて贖った。

それでも奴らは救いなど与えなかったではないか。赦しを乞う権利すら奪い取った人間に、人間である権利などあるのだろうか。

再び頬を打たれた。

忌々しい。目の前にいる人物が判断できない。今がどういう状況なのかも分からない。

あるのは憎悪と呼ぶのもおこがましい衝動。穢れの象徴である何億もの脳を、人間の残骸を、破壊し尽くしてもきっと止まらない。

「全部、消えてしまえばいい」

この身が壊れるまで止まれない。それでいい。

「アクア・ガーネッシュ！」

激しい音と共にぶれ、角度が変わった視界の端に、誰かが映り込んだ。感情のない星色の瞳がアクアを見ている。

ただただ見ている。何も言わず、反応を示さず、淡々と。

「お前の願望だけを重視して彼女を泣かせるのなら、お前もあいつらと同じだぞ！　あの子にこれ以上の何を背負わせるつもりだ！」

『アクア』

つらくてつらくて堪らない。そんな顔で泣いている。そんな顔しか思い出せない。

彼女を追いつめたものを見る度に、知る度に、親友の泣き顔しか思い出せない。

「あの子はなんて言った？　これを全部壊してお前に罪を背負ってほしいって言ったか？　お前のこの先を犠牲にして復讐してほしいって言ったか？　俺よりあの子に詳しいのはお前だろ！　あの子はそういう娘だったのか⁉」

『アクア』

星色の瞳が感情を映さずアクアを見ている。感心するほどくるくる感情を浮かべた瞳が、ただただ真っ直ぐに。

ああ、泣いている顔しか。

泣きじゃくった顔はいつだって、アクアを見つけるとくるりと変わって。

『幸せになって！』

笑った顔が、一番、好きだった。

「――ユズリハ」

笑った顔が一番好きだよ。

君が呼ぶ俺の名が一番好きだよ。

君が、好きだよ。

幸せでいてほしかったよ。

誰より、何より、君に幸福でいてほしかったよ。

君と一緒にいたかったよ。

君と一緒に、生きていきたかったよ。

背をつけてしゃがみ込む。憎悪は止まらない。欠片だって治まらない。けれど、自分の感情より大切なものがある。一生を懸ける憎悪より大切な人がいる。

優先されるのは彼女の願いだ。

何より。

誰より。

己より。

彼女が怨むなら、アクアは世界だって壊せる。彼女が願うなら悪魔になることも厭わない。

けれど、彼女が祈ったのは、願ってくれたのは、そんなものではなかった。


「……隊長、すみませんでした」

ホムラは握っていた銃をそっと離した。

「かまやしねぇよ。気にすんな。俺こそバシバシ叩いて悪かったな。立てるか？」

差し出された手を、アクアは握り返す。

「すみません。もう、大丈夫です」

己の願いと彼女の笑顔。どちらを優先するかなんて、子どもの頃から決まっていた。

ガラスの向こうに広がる景色に、抱く感情は変わらない。歪な憎悪は付きまとう。

それでも、優先すべきは君の願いだから。

「行きましょう」

アクアは、己の全力を費やして、それらから視線を剥ぎ取った。

ひっそりと忘れ去られたかのように置かれたカプセルには、幾度となく殺した青年が眠っていた。オレンジ色の髪は思っていたよりずっと柔らかそうで、眠る顔は酷く優しげだった。

「彼は……生きていますか？」

「これと同じように、大量に生産する為にはオリジナルがあったほうが効率がいい。オリジナルとこれは違う。オリジナルはそれだけで大事。これのオリジナルはずっと彼を救いたいと思っていた。これが案内した場所は、全てオリジナルが記した場所。オリジナルは彼に申し訳ないと思っていた。研究過程で当てはまってしまった彼と妹を解放したいと思っていた。これらはオリジナルの意志で動いています」

一部隊が青年を慎重に運び出していく。アクアは強化プラスチックの覆いに触れて、目を伏せた。目が覚めたなら話をしてみたい。たくさん殺した相手であり、初めて会う、ユズリハと同じ地獄にいたこの人と。

厳重すぎるロックをあっさりと解除して、アクアは歩を進めた。

「先はマザーです。オリジナルの研究成果が集約されています。人間もいます。全てはそこにあります。これの役目も終わります」

アクアは、はっとした。

急激に死斑が現れはじめた少女は、自身のそれを掠り傷を見るほどにも気にしなかった。初めから終わることが決まっているゆえの無頓着だ。

アクアは思う。終わりが決まっているのは皆同じだ。アクアだっていつか死ぬ。明日死ぬかもしれないことも同じだ。

歪でも、神に反した命でも、命は命だ。終わりあるものが無意味だというのなら、この生とて当てはまる。終焉が決まったものを蔑ろにするというのなら、生きとし生ける全てがその範疇だ。

「ありがとう」

先頭を歩く小柄な背に礼を言う。少女は無表情に振り返った。

「これはオリジナルの意志です。それはこれが受けるものではありません」

「案内してきてくれたのは君だろう」

再度の言葉に、少女は初めて微かな戸惑いを浮かべた。

どんな過程で成り立とうと、心があるのならどれほど歪であろうと蔑ろにされてはならない。命が命を差別する権利を、一体誰が持っているというのだ。

命に序列はない。あってはならない。始まって終わる平等を、どんな命も持っているのだから。

ユズリハから作り出されたそっくりな少女。けれどユズリハはこんな顔をしない。混乱する戸惑いを表す表情を知らない、こんな顔は。

目の前の少女は一つの個だ。ユズリハではない。物でもない。

心がある時点で、一つの命なのだ。

拳ほどの球体が、広い部屋を埋め尽くしていた。

太陽を連想する色を一つ一つが放っている。全て同じ大きさで同じ色をした球体だ。上下すら分からなくなるほど、部屋の中はそれらで埋め尽くされていた。

しかし、よく見ると中心に塊があった。完璧な球体の羅列の中にあるそれらは、酷く不完全に見えた。

ざっと数えて百人いるだろうか。白衣の人間が半数以上。男の数が圧倒的に多い。

「第五宙域軍ホムラ・ジーンだ。俺達がここにいる理由は分かるな。抵抗するなよ。俺達の神経は、いい加減限界に来てるんだ」

第五人工星軍はマザー内へ駆け込み、中心にいる人間の周囲を囲み、銃を構えた。

固まって震えていた中で、一際青い顔をした男が立ち上がる。手に握られているものを見て、人々は動きを止める。真っ青な顔をして震える手が握っているものは爆薬だった。

「あ、青き、星へ」

一様に口に出された言葉に、ぼそりとルカリアが呟く。

「もう青くない」

だから人類は宇宙にいる。かつて青かった人類の故郷は、もうないのだ。

あるとすれば、過去か、遠い未来にだけだ。

白衣を着た恰幅のよい男が、怒りで耳まで赤くして立ち上がる。風船が膨らむように怒張していく身体は、滑稽以外の何物でもない。

「貴様らは研究を奪うつもりだな！　我らが人類の希望を懸けて命を捧げてきた研究を奪って、自らの手柄にするつもりなんだろう！」

ふざけるな！

怒鳴ったのは誰だったのか。アクア以外の全員だったのか。それは誰にも分からなかったが、殴りかかろうとした後輩を止めたのはアクアだった。

「お前達を連行し、研究データは全て廃棄する。ここまでの過程でそうしてきたように」

男達は、信じられないものを見る目でアクアを向いた。

「神の研究を、廃棄しただと⁉」

「確かに研究は素晴らしい。神の叡智だ」

「ならば、何故だ！　何故、そんな愚行を！　人類史上最大の暴挙だぞ⁉」

口元を吊り上げ、美しい少年は凄惨な笑みを浮かべた。

「神の御業を手にするにしては、お前達があまりに矮小（わいしょう）だからだ」

狂いのない精巧な美しさを持つ少年は、完璧な笑顔を浮かべる。髪先から爪先まで歪みなく構成された少年だった。

男はごくりと唾を飲み込んだ。正に神の御業。そう呼んで差し支えない精巧さだ。

その、少年とも青年ともつかぬ美しい男が神の御業を廃棄したと、そう、言った。

「ロックが！　ロキのロックがあったはず！」

しなやかな指が軽やかに、宙に開いた画面を叩く。気難しく扱いは難しいが、恐ろしいほどに優秀なブループラネットのマザー。時の人、プログラミングの天才と呼ばれたユーリック・ジャンが作った、他に類を見ない完成度を誇るマザー。

気位の高い貴婦人のようなブループラネットの女王が、まるで恋も知らない小娘のように開いていく。

目の前の美しい少年が女王を暴いていく。指先でくすぐるだけで女王が開かれていく様は、まるで戯曲のようだった。

「誰が名づけたか、あいつがロキで、俺がユグドラシル。ロキを作ったのはきっと俺で、ユグドラシルを作ったのはあいつで。俺達がそうと決めたなら、たとえ互いと知らずとも俺達にしか紐解けない。あいつが女王を誑かし、俺が落とす。女王は意外と腰が軽い」

如何なる防御壁も悪戯の如く引っ掻き回すロキと、情報の海を支配したユグドラシル。女王はあっという間に彼らを受け入れた。

ユズリハが蒔いた種を開花させ、女王を陥落させたアクアを前に、男はへなへなと崩れ落ちた。爆薬を手にした男に双子が飛びかかり、あっという間にねじ伏せる。彼らは最早抗わなかった。

虚ろな声でぶつぶつと呟く内容を拾い、アクアは沸き上がる怒りを無理やり抑え込んだ。

壊滅した故郷。ならば青き星で生を終えよう。自分達だけでは資源も技術も足りない。連合には敵わない。遠き距離も越えられない。ならば周囲を巻き込もう。

自分達だけが滅びるなんて、あまりに理不尽ではないか。

賛同を得られないのならば消してしまえばいい。どうせ己達は滅びているのだ。

同じ宙域で生きている他人工星が健在なのは、どう考えても不公平ではないか。

僅かなワクチンで生き残った特権階級の人間達は、〝格下〟の人間が平穏を得ていることが許せない。

そんな理由で、十億近い人間が死に、病に冒された人々を救うはずだった光が悪魔の所業となった。

弱々しい人間達だ。いつからこんな大掛かりで大それた目標を掲げたのかは知らないが、システムだけだ。システムだけが強く優秀で、それを操る人間は矮小で汚らわしい。

ホムラがアクアの肩を小さく叩いた。軽い力で崩れ落ちてしまいそうだった。

殺すことは、きっと、容易い。けれど、最大級の憎悪をもってしても、殺す価値もないと思えてしまう。

虚しさだけだ。この場全ての人間に怨みをぶつけても、きっと彼らは受け止め切れない。

計画して行動したのは、人間に作られて目標を設定されたマザーだ。誰を恨めば本質に近いのか最早分からない。

コンピューターが暴走したといえば早いが、設定したのは人間だ。唯々諾々とそれに従ったのも人間だ。

べそべそとすすり泣く惨めな人間を見下ろし、アクアはやり場のない渦を内に閉じ込めた。

そんな中、甲高い声が響いた。

大人達の中で幼い少女が立ち上がり、奇声を上げて笑い転げる。

「ざまぁみろ。ざまあみやがれ！　あれだけ殺して、てめぇらが手に入れたのは手錠だけだ！　ざまあみろ！　あは、あははははハはははハハハはははハははハハはははハは！」

十歳前後の少女は、けたけたと所々ひっくり返る歪な笑い声を上げ、蹲る大人を蹴り飛ばした。やせ細り、異様に大きく見える眼球を見開き、アクアを指差す。

「滅ぼせ！　こいつら全部滅ぼせ！　てめぇは地獄の使者だろう？　こいつら地獄の釜に引きずり落としにきた悪魔だろ？　ほら、殺せ、さっさと殺してしまえ！　人類史上最大の愚行はこいつらだ！　こいつらが存在したことだよ！」

少女は愛らしいワンピースを着ていた。やせ細った手足を出して、ふわりとした桃色のワンピースを翻す。

その服に、見覚えがあった。だが、アクアの記憶の中にある物とは模様が違う。

赤い花が、あしらわれている。あれは血だ。桃色へとあしらわれた、誰かの、アクアの愛した命の欠片だ。

奇怪な音で笑い続ける少女に、大の男が情けない悲鳴を上げて逃げ惑う。自然と人の輪が崩れ、少女の周囲に空白が現れる。

横たわるカプセルがあった。たくさん殺した青年が入っていたものと、よく似ている。

光の反射で中が見えない。

マザーが次々と光を消していくと、光の角度が変わり、ようやく中が見えた。

その瞬間、なんと音を発したのか、何も発せなかったのか。

アクアは自分の耳でも判断できなかった。

長い長い赤銅色の髪。やせ細り、血管すら透けて見える薄い肌の身体。薄く開いた口からこぼりと漏れ出た空気が、彼女の生を知らせていた。

「ユズリハ…………？」

アクアは男達を突き飛ばし、走り寄る。片手に握っていたナイフが当たったのか、悲鳴が聞こえたがまるで気にならない。

閉じられた瞳を見て、急に力が抜けて膝をつく。

「ユズリハ……生きて………生きている、のか？」

「あんた、博士の知り合い？」

少女は先程まで笑い続けていたとは思えない無気力さで、ぼんやりとアクアを見た。

そうして高熱に浮かされたように、整った顔を見つめる。

「博士の言ったとおりだ。宵の空に昼の海。あんただ。あんたがアクアだ。博士の海だ」

すとんと、軽い体重がアクアの隣に座った。

「あたしはあんたに謝らなくちゃならねぇんだ。あんたの博士をあたしが殺したんだ。博士の精神は死んだ。肉体はここにあっても精神がない。死ねばどこにいくかなんて知らない。宗教が言うようにあの世にいくのか、宇宙を彷徨うのか、身体に戻るのか。でも、身体がいくつもあったらどうなるんだ。博士が博士である為に必要なものは死んだ。あたしが殺した。博士は兄貴を巻き込んだ。博士があんな研究しなければ、成功させなければ、兄貴はあんな目にあわなくてよかったんだ。博士のせいだ。博士が悪いんだ。博士がいなかったらこんなことにはならなかったんだ。全部博士のせいだ。博士が全部悪いんだ」

少女ミナは、ぶつぶつと呟いた。

虚ろな目で、抜け殻となったユズリハを見つめている。

「兄貴はバカみたいに優しくて、ぜったい怒らなくて、いつもへらへら笑ってて、損ばっかりしてて。けど優しい、いいやつなんだ。博士のせいであんな目にあったんだ。なのに兄貴言うんだ。博士のせいじゃないって。でも博士のせいじゃねぇか。全部、博士が。なのに博士言うんだ。恨んでいいよって、あたしに言うんだ。兄貴みたいな、バカみたいに優しい顔で言うんだ。兄貴は博士好きだって言ったんだ。二人だけで生きてきたのに、博士好きだって言うんだ。こんな目にあったの全部博士のせいなのに。なのに博士、子どもの頃の大事な服、あたしにくれたんだ。こいつらから逃げ回っててても、ずっと持ってた大事な服だって言ってたのに、あたしにくれたんだ。あたしはそれを博士の血で汚したんだ。洗っても落ちなくて……博士のせいなのに」

アクアはパイロットスーツから独立している手袋を外した手を、虚ろにユズリハを見つめる小さな頭に乗せた。

「博士のせいなんだ」

「そうか」

「全部博士のせいだ。こんなとこ連れてこられたのも、たくさん死んだのも、おふくろがあたしら捨てたのも、あたしがおふくろの顔も覚えてないのも、兄貴がバカなのも、服が汚れたのも、たくさんの人間が泣いたのも、マザーがあるのも、あたしらの人工星がこいつらに捕まったのも、ピーマン苦いのも、兄貴が博士好きなのも、あたしが博士きらいなのも、博士がひどい目にいっぱいあうのも、あたしら人間が地球から追い出されたのも、博士が温かいのも、全部博士のせいなんだ」

「そうか」

少女の顔がぐしゃりと歪んだ。

「でも、博士が死んだのは、あたしのせいなんだ」

「そうか」

「博士、怒ってるかなぁ……」

「そう思うか?」

「博士、もう、ミナおいでって、言ってくれないかなぁ……も、もう、おりがみ、おしえて、くれないかなぁっ……」

ぐしゃりと歪んだ少女の顔が、一段と幼くなる。涙が溢れ、呼吸が危うくなるほどしゃくり上げていた。

「はかせのせいなんだぁ!」

震える身体をそっと抱きしめる。少女の小さな身体には、ここ数日で急激に嗅ぎ慣れた血の臭いが染みついていた。

「ユズリハはきっと、君のことをとても好きだ。怒ってなんていないよ」

ミナは全身を震わせ、首筋まで赤くして泣きじゃくった。

「ぜんぶ博士のせいなんだ。ぜんぶ、みんなが不幸になったのは全部博士のせいだ！」

「そうか」

「でも、でもでも！　ぜんぶ博士のせいなのは、博士のせいじゃないのにっ……！」

「ああ……そうだな……」

ここから出よう。ここは人の気配がしない。コンピューターが支配し、狂いが合理化されている。ここは怨む先が定まらないまま嘆きを積み重ね、罪だけが膨大に膨れ上がった虚城だ。

ミナを抱き上げたアクアは、後輩が飲んだ息の音を聞いた。

軽い音がする。何かが開く音だ。アクアの足元で、薄い強化プラスチックの蓋が開く。調整液独特の匂いが広がる。

泣きじゃくっていたミナが、それとは違う震えで揺れる声を出した。

「……なに、して、てめぇ、解剖用のコピーが、なんで、自発的に動いて」

死斑を浮かべた少女は、いつの間にかその手に銃を握っていた。既に片手では狙いを定められないのか、両手で死斑が浮かんだ腕を支えている。

「やめろ、なに、やって、博士、やめて、とめて、はかせ、はかせ」

引き金の音は、命を左右するにしては、やはり笑えるほど軽かった。

焼けた銃口を掴んだまま、アクアは微動だにしない。逸れた軌道は床に当たった。肉の焼ける音がして、肌が銃口に張りつく。

「離してください」

「許容できない」

少女は困ったように首を傾けた。

「オリジナルはこれに指示しています。研究データの完全廃棄。世話が主だった助手は除外、以外の全データの廃棄。コピーの脳を含め、完全なる削除を」

開いた手がユズリハを指差す。

「データが残っています。これはオリジナルの命を完遂します。これは時間がありません。これはオリジナルの指示を実行します」

「博士は精神が入ってないんだよ！」

「データが残っています。完全なる削除をオリジナルは指示しました。これは削除を実行します。削除を失敗しました。問題を検索します。問題を確認しました。問題解決の作業を選択します」

「この、ぽんこつが！」

アクアは銃口に皮膚を焦げつかせたまま、微動だにしなかった。

このまま少女を蹴り飛ばすことは簡単だ。ミナをそっと床に下ろすことも投げ出すことも、どの選択肢を選んでも、無傷でユズリハを守りきれる自信がある。

相手の武器は押さえている。あとは壊れかけの身体に一撃叩き込めばいい。

どれも、相手がこの存在でなければの話だが。

「……困ったな」

「これもです。これはオリジナルの意志を完遂しなければなりません」

アクアは苦笑した。

「こんなとき、呼ぶ名前を知らない」

少女はゆらりと瞳を泳がせた。


「これはこれです」

玩具用でなければ一人称すら必要ない。優劣をつけて弄ぶ際、相手は人間に近ければ近いほどいい。少女は解剖用だ。己を示す言葉は初めから必要なかった。

それでは困るとアクアは言う。だから少女は困る。これはこれだ。それ以外に必要ない。

宵の空など見たことはないが、宵闇色の髪。光る水など見たことはないが、澄んだ瞳。比べるほど他者を見ていないが、誰よりも美しい笑顔。

全て、オリジナルが少女達に植えつけた感情だ。

オリジナルが自身に刻み込んでいた記憶より大切なものを持って、少女達は作られてきた。

大切な人。美しい人。清廉な人。優しい人。大好きな人。

彼を傷つけるな。彼を嘆かせるな。幸福を。祈る。

祈るという行為は知らないが、オリジナルは祈る。

「これは困りました。オリジナルはデータ破棄の意志をこれのチップに刻みました。データ破棄は絶対です。他に同等の意思が存在しています。アクアを悲しませてはならない。アクアを傷つけてはならない。アクアの幸福を最優先に行動しろ。オリジナルの意思です。これらはオリジナルのコピーです。オリジナルに反した行動はできません」

「君は君の意思で動けばいい」

「これはこれです。これはオリジナルの意思で存在します」

アクアはそっとミナを下ろした。不安げに見上げる瞳に笑顔を返す。ミナはぐしゃりと顔を歪ませ、また大粒の涙を零す。

その頭を軽く撫で、視線を戻す。手を離した銃口は、地面を向いていた。

「君はユズリハじゃない。俺は君と過去を過ごしていない。けれどここまでの道程を君と来た。君は君であればいい。そうして出した結論が俺が望むものでなくても、それはそれで仕方がない。俺は全力で阻止しよう」

少女は困惑を表情に乗せた。緩慢に視線を彷徨わせ、アクアとユズリハを交互に瞳に収める。じわりと広がった死斑に、初めて躊躇いを見せた。まじまじと死斑を見つめていた星色の瞳が、困惑を揺らしている。

「これがオリジナルを破壊したら、アクアは悲しむのですか」

「そうだな」

「これがオリジナルを破壊しなければ、オリジナルの意志に反します」

生きながらに死んでいく組織。死斑は生者に浮かばない。

「ユズリハなら易々とデータを取られたりはしないだろうし、ユズリハは帰ってくるかもしれない。どうなるかなんて分からないが、俺はそうだったらいいと思う」

アクアは待つ。そこに希望があるのなら何十年だって、死ぬまで待っている。

少女はかたりと首を動かす。支えているのがつらいのだ。明日までの期限だと思っていたが、一際出来が悪いと言われた身体は明日まで保たないらしい。

少女は、オリジナルが何より好きだった人間を見つめた。

「アクアを困らせても悲しませるな。オリジナルの意思です。データを完全削除しろ。オリジナルの意志です。これはオリジナルに反しません。これはオリジナルです。これはオリジナルの意を遂行します。これはオリジナルに反しません」

はっとなって伸ばされた手を避けるように、少女の身体はふわりと傾く。

銃口が少女のこめかみに触れる。

「待てっ」

「これは、これを使うのがアクアなら、オリジナルに反しないと、これは思います」

銃声が響く。

少女はチップごと自らの脳を破壊した。

脳髄独特の臭いを感じ、アクアは倒れる身体を受け止めながら目を閉じる。

軽く開いた少女の口元は、僅かに微笑んでいるように見えた。

願望がそう見せたのだとしても。

何が正しかったのか分からない。どの選択肢を選べばよかったのか、何が誰にとっての正解で、どこに求めればいいのか。

そもそも正解などあるのだろうか。

スタート地点から間違った物事に正しさを求めても虚しいだけだ。正しさなど求めず、幸せだけを求めても、何を基準として幸福と見なすのか。

強欲な人間が混迷した理由でエゴを押し通し、人の手を離れた有能なコンピューターが倫理を通さず膨大な人間が死んだ。数多の人間が人生を狂わせた。

なのに責任の在り処は曖昧だ。明確な指導者は存在せず、巨大な計算機であるマザーが無機質で合理的な指示を出していただけだ。

それでもユズリハは贖った。贖い続けた。

だから、アクア達は進んでいくのだ。

少女の身体を抱き上げ、アクアは静かに立ち上がった。

そうして、首謀者は存在しないまま、宙暦最初の戦争は幕を閉じた。

第六章　惑わない星の解決法

「アクア」

黒い制服をきちりと着こなして振り向けば、ホムラが小走りで駆けてきた。目の下の隈がすごい。アクアは、さっきまで会っていた、彼と同じ量の仕事をこなしているヒノエの涼やかな表情を思い浮かべた。

「これから下りるのか？」

「はい」

シフトを終了したアクアは、これから休暇だ。当然ながらホムラにはない。給料はいいが使う暇が全くないと、ホムラはよく嘆いている。

「ガキ共が捜してたぞ。休暇ご一緒したいです、だってさ」

「…………一歳しか違いませんが」

微妙な顔を浮かべたアクアに、ホムラは爆笑した。

アクアに対する後輩達の懐きようがすごいのだ。

元々懐いていた双子は身の内の事情を知ったアクアに更にべったりとなり、同居を始めた兄らのラブコールにたじろぐレオハルトも結局隣に収まっている。

羨ましいと恨めしがる兄達から、レオハルトレポートを提出させられたアクアは、実は巻き込まれ型の不運かもしれない。

意外とよかった面倒見のよさがそうさせるのか、それに対して真面目に付き合ってしまう付き合いのよさがそうさせてしまうのか。

何にせよ、ホムラは微笑ましく思っている。


「今月の射撃課題こなしてから追いかけるって言ってたぞ。あ、やべ。俺も課題こなしとかねぇと減給だ。後輩への伝言あったら承るぞ、先輩」

茶化して畏まったホムラに、アクアは微かに苦笑を滲ませてはいたものの、柔らかく微笑んだ。

その姿を見て、ホムラは目を細める。

「いつもの場所にいると伝えてください」

「よっしゃ、任せろ。あ、そうだ。俺さ、仕事七割終わらせたんだけど、振り向いたら四倍になってたんだ。あれなんでだと思う？　人生って不思議なことで満ち溢れてんなぁ」

寝不足で正常な思考が働いていないホムラに同情すると同時に、アクアは黙秘権を貫いた。

真剣に首を傾げるホムラの背後で、目の下にべったりと隈を張りつけ、豪快な笑顔で親指を立てたゴルトアがいることを告げるのは、あまりに酷だと思うのだ。

ユズリハが廃棄を望んだデータは、アクアが完全に破壊した。ユグドラシルと呼ばれた腕を全て費やし、徹底的に壊し尽くした。

噂は残る。記憶も残る。人が人を介し、それらは伝承される。

しかし、どれだけ情報の海を浚(さら)っても、実在したデータは存在しない。

アクアは自身の持ち得る全てを使い、ユズリハの研究を、遥か彼方を夢見るお伽噺へと霧散させた。

旧第七人工星の生き残りであり、ブループラネットの中心部であった人間達を根こそぎ捕らえたことにより、ブループラネットは事実上瓦解した。

旧第七人工星はそのまま第五人工星が管理下に置くこととなり、大量の脳からなる墓標への対応はまだ決まっていない。

占領下から脱した第十二人工星も、そのまま第五人工星宙域に停滞することが決まっている。旧第四人工星宙域のデブリ帯を抜けてまで、元の宙域に戻る必要性がなかったからだ。

旧第七人工星により徹底した管理下に置かれていた第十二人工星は、解放の恩ある第五人工星に永続的な友好を約束した。

今回の事態を受け、第六人工星も移動を開始した。

第十二人工星が第五人工星宙域へ定住したことにより、より一層の繁栄が予想される。出遅れを恐れる心も本心であろうが、何より、もしも今回のような事態が起こった際に、単独では標的になりやすいことが大きな理由だった。

各地でテロ行為を繰り返していたブループラネットは、本体が解体されたことにより鳴りを潜めた。

それでも一つの思想として宗教的に残っている。

危険思想だと排除も望まれたが、人の意思を取り締まることはできない。母星信仰はなおさらだ。根が深く、根絶は不可能だった。

きっとこれからも無秩序に、個々の思考で凝り固まっていくだろう。既に本体からの指示が消え失せたことで、ブループラネット内でも分裂が始まりかけているほど無秩序に。


今回最大の被害者といえる二人の男女は、政府と軍の護衛の下、同じ病院に収容されていた。

アクアは通い慣れた病院の門をくぐる。

ユーラ家より歴史が深く、第五人工星始まりからそこにある公共施設。第五人工星の名を冠する、第五人工星病院だ。

「あら、アクア様」

鈴のような声を転がして、オリビアが現れた。今日も柔らかなワンピースを着ている。ふわりと編まれた髪には、白い花の髪飾りがあった。手には小さな鞄以外何も持っておらず、既に見舞いを終えたことが知れる。

「オリビアは帰りですか？」

「はい。両親と食事の約束がございますの」

ふわりとした微笑に、アクアも笑みを返す。

「ギル様が先日のチェスの続きを楽しみに待っておいでででしたわ」

「……キングはドリフトしないし、クイーンは空を飛べないと覚えたら付き合いますよ」

「あら、まあ。わたくしと良い勝負ができそうですわね」

アクアも先日、実に数年ぶりに父親と食事をした。

誘ってきたのはあちらだったが、した会話といえば両手で事足りた。だが、特に居心地の悪い沈黙ではなかった気がする。無駄なことを喋り続けて安堵するタイプでは、お互いになかった。

意外だったのが、父が無類のプリン好きらしいということだ。十六年親子をやっていて知った厳つい父の意外な好物へのコメントは、特にない。

「明日もお会いできますの？　わたくし先日お借りした本をお返ししたいのですが」

「それなら続きも持ってきます。オリビア、また明日」

「ええ、ごきげんようアクア様」

オリビアは既に、アクアの婚約者候補ではなくなった。彼女自身が、両親へ辞退を申し出た。ユズリハの友に他人行儀にしていたら怒られる。アクアはオリビアの名を再び呼びはじめた。元々、友人に近しい存在だった。アクアは決して、オリビア個人を嫌いではなかった。

一般患者が並ぶエリアを抜けて乗ったエレベーターを十七階で降りると、飛び出してきた何かとぶつかった。鞠（まり）のように跳ね返った身体は、柄も悪く舌打ちした。

「いってぇ！　どこ見て歩いてんだよ、ぼけ……なんだ、あんたか」

「すまない。大丈夫か？」

今日も愛らしい服を着ているが、いかんせん口が悪い。しかし、それも理解はできた。

第十二人工星には、治安の悪い区画も多数存在する。全人工星中、最も青い星に近しい環境を作り出せたが為に、行政からの施しがなくとも生きるだけならば可能となったからだ。

そういった区画は行政も内情を把握しきれなくなり、戸籍を持たぬ子どもも現れてしまっている。彼女とその兄も、子どもの義務と権利として制定されている教育を受けられなかった存在の中に含まれていた。

アクアの前で嬉しそうに笑う少女が着ている服は、オリビアのお下がりだ。ちなみに少女は、ふっくらと愛らしいスカートをぐしゃりと踏み潰し、大股で座るので、その都度オリビアがそっと教えている。

とりあえず、スカートのときだけはやめたほうがいいとアクアも思っている。

「あれ、兄貴は？」

ミナはきょとりとアクアの背後を捜した。

「窓から見えたあんたに会うって、スケッチブック片手に飛び出してったけど」

「会っていない」

「…………なんでだよ」

ギルバートは画家だ。何でも描くが風景画が一番好きだと言っていた。はずだ。

なのに、目覚めて兄妹感動の再会を果たし、後ろで付き添っていたアクアを見た途端、描かせてくれとのたまった。妹は強烈な拳を叩き込んでいた。

あまりに熱心に頼み込んでくるので、根負けしたアクアがチェスで勝てたらと言ってみたはいいが、いつまでたっても王は奥義を繰り出し、クイーンは色仕掛けで敵を落とそうとする。たまにポーンが反乱を起こして自軍の王が落とされ、ナイトはビショップと駆け落ちした。

今の問題はそこではない。ギルバートは致命的な方向音痴だった。風景画が好きな画家として以前の問題で、人として致命的だった。

「……エレベーターまでは送ったんだ」

「正面玄関まで一直線だな」

ミナは幼い少女にあるまじき溜息をついた。深く険しい、人生の酸いも辛いも詰め込んだ溜息である。

「どうせ護衛の兄ちゃん姉ちゃんがついてるんだろうけど、あいつら兄貴を甘やかして好きにさせるから戻らねぇな、これ。捜してくる。病室、いま誰もいねぇよ。オリビアの姉ちゃんがくれた花はもう生けた」

「ありがとう」

ミナはアクアが乗ってきたエレベーターに駆け込み、ふと思い出したようにスカートの端を摘まんだ。

「似合うか？」

「とても似合うよ」

「そっか！」

にかりと太陽のような笑顔を浮かべた少女は、エレベーターの扉が閉まる直前にぴょんと跳ねた。

穏やかな風がレースのカーテンを揺らす。少し肌寒さを感じたが、歩いてきた身体は温まっている。

毎日違う寝巻きを着たユズリハの長い髪は丁寧に梳かれ、こちらも毎日違う髪型になっている。オリビアは新しい雑誌を手に入れては、毎日どれがいいかユズリハに話しかけながら髪を結っていた。

今日は一つに緩く纏め、柔らかく結って横に流している。白い花の髪留めはオリビアがつけていたものと同じだと気づく。お揃いですのと微笑むオリビアの姿が見えた気がした。

「三日ぶり、ユズリハ」

アクアは五日と空けず、ここに通っていた。

休暇が取れなくとも、特別許可を貰って夜間に見舞ってもいる。見舞う為だけに人工星に下りることもしばしばで、見舞いを済ませると軍にとんぼ返りする日々が続いていた。

後に箱庭戦争と呼ばれた争いが終わった日から、四ヶ月が経過した。

目覚めてすぐにリハビリを開始したギルバートは、補助器具があれば一人で歩行できるまでに回復している。歩行は安定しても、残念ながら向かう方向はいつまで経っても安定しなかったが。

「あとで三人も来る。オリビアと鉢合わせしないから、今日は静かだぞ。どうしてレオとオリビアは、あんなに折り合いが悪いんだろうな。気は合ってるようにも思うけど」

ユズリハは目覚めない。

精神が二度の死を経験してしまった。二度目は精神の移動も行っていない。

人が死んだらどこへいくかなんて知らない。科学では解明できない分野だ。

そもそも、肉体と精神、それぞれが死を経験してしまった人間の分類方法なんてないのかもしれない。

ブループラネットは、ユズリハを徹底的に蘇生していた。脳を失わないようにとの魂胆であっても、必死の救命は致命傷を負っていたユズリハの生命活動を繋いだ。

それでも、担当医師は言う。肉体と精神の極度な衰弱。およそ健康から程遠い肉体は一度死に、極限まで衰弱した精神は二度の死を得てしまった。

一生目覚めない。

医師はその覚悟をアクアに求めた。その言葉を、アクアは酷く冷静に受け取った。

覚悟ならとうにできている。世界を壊すことを厭わないこれを、覚悟と呼ぶのならだが。

柔らかい髪を指で梳く。ふわふわと零れ落ち、陽光を弾いて光る赤銅色と、星色の瞳が一等好きだった。

開かれない星色の瞳は、光そのものだとずっと思っていた。今でも、そう思い続けている。

やせ細った手を繋ぐ。あまりの軽さに何度も繋いだ今でも俯く。

ブループラネットは、ユズリハを無重力圏に置き続けた。解放する気が端からないのであれば、対象者の手足を捥ぐ方法が最も手っ取り早い。マザーは、実に合理的だ。

本来ならば、極限の監禁生活の中、筋力まで失った身体で逃亡などできようはずもなかった。

アクアの幼馴染は、生命活動を維持できていることが既に奇跡に等しい状態で、第五人工星に帰ってきたのだ。

誰にとっても激動の五年間だった。それぞれがそれぞれの苦境で傷を負い、苦痛の中で藻掻き溺れながら生きてきた。

比べることなどできない。比べるものでもない。

それでも、誰の苦界の中でもユズリハのそれは群を抜いた。傷ついて傷ついて、それでも頑張り抜いた。

だから、休めばいい。

ずっと一人で頑張ってきた君は、本当はもう、世界に愛想を尽かしたのかもしれない。人の醜さ、愚かさ、機械の限界、科学の正当性。そんなものに囲まれてきた君は、もう目覚めたくないのかもしれない。

星色の瞳で呼んでほしい。一緒に馬鹿みたいに笑いたい。願いは尽きないけれど、これはアクアの願いだ。ユズリハはずっと休みたいかもしれない。

だから休みたいだけ休めばいい。眠りたいだけ眠ればいい。寝起きの悪さはアクアの特権だったが、交代しよう、ユズリハ。

眠りたいだけ眠り、疲れを癒やし。

そうしてほんの少しでも気が向いたなら。

帰ってきてみてほしい。

それまでアクアは待ち続ける。彼女に優しい世界を作って待っている。

父とだって会うし、表情筋だって動かそう。できるだけ他者と関わり、意外と抜けてると言われたりしながら、彼女が望んだ自分でいよう。

守るよ。君が守ってくれたこの惑星が、俺達の故郷が。ここで生きる俺達が、今度は君を守るから。君がそうしてくれたように、守り切ってみせるから。

「ユズリハ」

無理に起きなくていい。俺が口に出したいだけなんだ。

「ユズリハ」

大切だよ、お前が。幸せになってほしいし、笑ってほしい。傍にいたいし、いてほしい。

その気持ちを何と呼ぶ？

この気持ちが湧き上がる理由を、アクアはもうずっと前から知っていた。

「全部纏めると一言だな」


「……ま、とめ、ない、で…………………いいと、おもうよ」

アクアは、呼吸のなり損ないを飲み込んだ。

そんなに強くなくていいんだ。つらければ逃げ出していいんだよ。さぼって、楽して、押しつけていいんだ。そう言えたらどんなにいいか。

休んでいていいんだよ。そう言ってあげたいのに、言葉どころか視線すら渡せない。

「まとめても、いいけど、ね」

視線を下ろせない。

無意味に窓の景色を眺める。高い窓から見えるのは偽りの空と、その下で毎日を生きる現実だ。

建物は上へ上へと伸び、それでも植物を増やそうと緑が常備された中で人々は忙しなく生きているようで、実はこっそりさぼっている。

「纏めると纏めないで、答えが変わったり、するのか」

「はは……まさか……ずっと前から、変わらないのに」

「じゃあ、どっちでもいいのか」

「……きみ、それ、ほかのこにいったら、そく、ふられるぞ」

「言う予定がないから問題ない」

ユズリハは掠れた小さな声で咽せて、小さな笑い声を上げた。

「泣きながら言われてもなぁ」

「うるさい。医師を呼んでくる」

乱暴に眦（まなじり）を拭い、アクアは立ち上がる。ユズリハは慌てて手を伸ばそうとしたが、身体が動かず諦めた。

長く眠りについていたユズリハは、碌に喋れていない。それでも、どんなに掠れた吐息のような声であっても、アクアがユズリハの言葉を聞き逃すはずはなかった。

「あれ、ちょ、言ってよ⁉」

「うるさい！　注射が終わってからだ！」

「とんでもないこと言い出したよ⁉」

騒ぎを聞きつけた看護師は、ひっくり返って医師を呼びにいった。あっという間に満員となり大騒ぎになった病室で、場違いなほど軽い声がアクアを呼ぶ。

「アクアぁー」

点滴の刺さった手の先が、ぴょこりと指を振る。

「好きだよー」

「…………もうお前、ほんとやだ」

タイミングを逃したアクアが同じ台詞を言えたのは、全ての検査と連絡を終え、更に飛んできた政府関係者含む面会人が人心地ついて改めて二人になることができた。

三日後のことである。

意識が戻った後も、ユズリハがベッドの住人であることに変わりはなかった。

ユズリハ自身も、極度の衰弱に加え、重力下での歩行が困難なほど萎えた身体で歩き回れるとは思っていない。

それでも、自身の意思で生命活動を行っている本体の身体を動かせるのだ。これ以上の贅沢は存在しなかった。

覚悟していた取り調べは、拍子抜けするほどに少ない。正直、目が覚めるや否や軍部併設の病院へ搬送されるくらいは覚悟していたのだが、それすらなく。

死ぬ前に自分が渡せるありとあらゆる情報を開示し、提供していたこともあったのだろう。しかし何より大きかったのは、軍部、そしてガーネッシュ家とゼルツ家とルーネット家が後ろ盾となったことだ。

大事になったぁとユズリハは思う。しかし、しばらくはあまり頭も感情も使いたくないなというのが、正直な気持ちでもあった。

身体的には指を動かすのもつらく、喋ることも滑らかとはいかない。何より、諸々が飽和したのか脳みそが馬鹿になっていて、文字を読むのも億劫なのだ。

だからありがたく、彼らの厚意に胡座をかかせてもらおうと決めている。

今日は朝から身体を起こしてもらっているユズリハは、ベッドに全体重を預けながら窓の外へと視線を向けた。見えるのは、人工的に作られた青空だ。

この眼球でこの光景を見られる日が再び来るなんて、思わなかった。

来客がない時間は、日がな一日こうやって過ごしている。ぼんやり外を眺めていると、電子音が聞こえた。

「ヘルプ、誰？」

「一番です」

「開けてー」

来客によって割り振られている番号で、誰が来たかを察する。ちなみに病院のスタッフは入室だけを知らせて入ってくるので、番号はない。

「実行しました」

「ありがと」

ロックが外され、来客者が入室してくる間に首の向きを変えていく。

「これだけの重さを頂点に置く形で、二足歩行への進化を選択した人類って馬鹿なんじゃないかな」

「とりあえず、二足歩行してから言ってくれ」

「確かに」

首の向きを窓とは反対に向けきれば、暑かったのか、上着を片手に椅子に座ったアクアと目が合った。

「いらっしゃい」

「ああ、ただいま」

「忙しかった？」

「いつもと同じだ」

とても忙しかったらしい。

ユズリハは、自分がしなければならない後始末全てをアクアに放り投げている自覚がある。アクアは優しく真面目なので、その一切をユズリハに見せぬまま引き受けてくれていた。

それなのに文句は勿論、一度たりとも疲れを見せない。

「……アクアさぁ、何にも言わないよね」

オリビアが持ってきてくれる花を生けている花瓶の水を確認していたアクアは、怪訝な顔で座り直した。

「そろそろ何かしろとかもそうなんだけど、元気になったら何がしたいとか、そういうのも全然したいことは？　欲しい物は？　行きたい場所は？」

何も、何一つ。あれだけ口うるさくお小言を言っていた人は、この病室で自身の近況くらいしか喋っていかない。

勿論、ユズリハが口にすれば応じてくれた。しかしそれ以外で、アクアはユズリハの行動について、拒絶も希望も、何一つ触れはしなかった。

アクアは一つ息を吐き、元より崩れてはいなかった姿勢を正し直した。

「指一つ動かすのに難儀している相手へ、何かしらの行動を要求するのは鬼畜の所業だろう、普通に」

「確かに」

尤もである。

深く納得したユズリハに、アクアは苦笑した。

「希望があれば、俺が聞く前にお前から言うだろう。叶う叶わないは関係なく、お前希望があったらとりあえず俺に喚きに来ただろ」

「確かに」

「そして叶わなかったら泣き喚いたし、何とかしようと足掻き尽くした」

「仰る通り」

よく考えれば、幼い頃からアクアは自らユズリハへ希望を聞いてはこなかった。聞く前に自分から言っていたからである。

大きな声は出ない喉でからから笑うユズリハを見ていた視線を、アクアは少しだけ下げた。

「……元気になってからやりたいことは、元気になってから考えればいいだろう。やりたいことが浮かばないなら、それはまだその時じゃないってことだ」

ゆっくりと紡がれる静かな声は、アクアの中にある様々な感情を覆っていた。声に滲ませなかったのは、ひとえに彼の優しさだとユズリハにだって分かっている。

「つまり、やりたいことができたらアクアを巻き込んでいいってことだね！」

「いいよ」

苦笑すらなく返ってきた言葉に、今度はユズリハが苦笑するしかない。

「君さぁ、あんまり私を甘やかさないほうがいいよ。私は甘やかされれば甘やかされるだけ、際限なく甘える人間だって世界で一番知っているのは君じゃないか」

「今更だろ」

「それもそうか」

アクアは笑うが、アクアに全ての負担を丸投げしているユズリハは、さすがに申し訳なさを抱く。いつからか、休むという行為に罪悪感と……恐怖を抱くようになっているのだから尚更だ。

それを知ってか知らずか、否、きっとアクアは気づいているだろう。アクアはユズリハの不調に、いつもユズリハより早く気がついた。

だからきっと、それを分かっていて、アクアはユズリハに何も求めない。

「あのさ、アクアは何かしたいこととかしてほしいことある？」

「突然なんだ？」

「思い浮かばなかったらアクアも元気じゃないってことで、ここに来る頻度を少し減らして自分の休息に充てなよって思ったんだよね」

何もいま思いついたことではない。ユズリハが丸投げしている事後処理がどれだけ莫大な手間と思考力を回さなければならないものか、深く考えずとも分かる。

そうでなくてもこの状況で忙しくないはずのない軍人だ。これだけ頻繁に見舞いに来る為には、恐ろしいほどの無理を通さなくてはならないだろう。

だからそう言ったのだが、アクアの反応はユズリハが思ったものとは違っていた。てっきり余計な世話だと受け入れないと思っていたが、アクアは考え込んでしまった。受け入れられなければ昔のように駄々を捏ね、押して押して押してごり押しして押し通すつもりだったユズリハは、拍子抜けした。

それはそうとして、アクアの希望には興味がある。彼の為に何でもしたいという気持ちと、純粋な好奇心がせめぎ合う。

ユズリハはわくわくしながら答えを待つ。

昔から、アクアは自分の欲が極端に少ない子どもだった。だからこそ、アクアの希望を叶えることがユズリハは楽しみでならない。昔からずっと変わることなく、ユズリハはアクアが嬉しそうに笑った顔が大好きなのだ。

アクアの希望を叶える為には何が必要だろう。ユズリハは、さっきまで不満一つなかった自分の現状がもどかしくなってきた。ベッドの住人になっている場合ではなかったようだ。

せめて指だけでもまともに動けばなんとかなるはずだ。そこのリハビリを重点的に頑張ろうと気合いを入れる。

しかし結果的に、その気合いは必要なかった。

「そうだな。じゃあユズリハ、家族になろうか」

「…………………………………………そう、だね」

掠れたユズリハの言葉一つで嬉しそうに笑ってくれたアクアが、そう教えてくれたのだ。

キャラクターデザイン公開

ユズリハとアクアのデザインラフを特別公開します

Illustration：眠介

ユズリハ・ミスト

アクアの幼馴染。アクアには男だと思われていた。

アクア・ガーネッシュ

ユズリハの幼馴染。眉目秀麗なスーパーエリート。

あとがき

こんにちは、守野伊音です、

この度は、『惑う星の解決法』をお手にとっていただきまして、誠にありがとうございます。

この作品は、高校生時代の私が授業も聞かずにせっせと書いていた作品の一つなのですが、タイトルの『惑う星』という単語自体は子どもの頃からなんとなく心の片隅にありました。

それというのも、確か七、八歳の頃に読んでいた本に『惑星』という単語が出てきてからです。

当時の私が知っていた『惑う』という文字の使われ方は、これまた本に書かれていた『戸惑う』でした。だから私は最初、惑星のことを『まどぼし』と読むのかなと思いました。それか『まどせい』です。水星や金星の仲間、または流れ星や一番星の仲間かなと。戸惑う星ってどんな星かな、一直線に飛ばないできょろきょろしているのかなと思ったものです。

まあ全然違ったわけですが。それでも当時の自分が抱いていた、『戸惑う星』という印象が強すぎたのか、大人になった今でもどこか特別感を持って自分の中にしまわれていました。

その言葉が自分の本のタイトルに入っているのを見ると、なんだか不思議な気持ちになります。

この本の制作に携わってくださった皆様、そして読んでくださった全ての皆様に感謝いたします。

守野伊音

惑う星の解決法
青き星には、帰らない

2024年6月30日 初版発行

【著　　者】守野伊音

【イラスト】眠介
【編集】株式会社 桜雲社／新紀元社編集部
【デザイン・DTP】株式会社明昌堂

【発行者】福本皇祐
【発行所】株式会社新紀元社
〒101-0054　東京都千代田区神田錦町1-7　錦町一丁目ビル2F
TEL 03-3219-0921 ／ FAX 03-3219-0922
http://www.shinkigensha.co.jp/
郵便振替　00110-4-27618

【印刷・製本】中央精版印刷株式会社

ISBN978-4-7753-2146-1

※本書は、「小説家になろう」（https://syosetu.com/）に掲載されていたものを、改稿のうえ書籍化したものです。